和歌《うた》が伝える日本の美のかたち

冷泉貴実子

書肆フローラ

夏歌《なつのうた》

夕暮《ゆふぐれ》

上賀茂神社にて

秋歌《あきのうた》

紅葉《もみぢ》

北野天満宮にて

冬歌《ふゆのうた》

月《つき》

南禅寺にて

目次

I　季節の和歌

深山には松の雪だに消えなくに都は野辺の若菜つみけり　詠人知らず　10
大空は梅の匂ひにかすみつつくもりもはてぬ春の夜の月　藤原定家　13
山里の春の夕暮来てみれば入相の鐘に花ぞ散りける　能因　16
春すぎて夏来にけらし白妙の衣ほすてふ天の香具山　持統天皇　19
いつとても惜しくやはあらぬ年月をみそぎに捨つる夏の暮かな　藤原俊成　22
ながむれば衣手涼しひさかたの天の川原の秋の夕暮　式子内親王　25
白露に風の吹きしく秋の野はつらぬきとめぬ玉ぞ散りける　文屋朝康　28
秋風にたなびく雲の絶え間より洩れ出づる月の影のさやけさ　藤原顕輔　31
山川の菊の下水いかなれば流れて人の老いを堰くらん　藤原興風　34
ちはやぶる神代もきかず竜田川から紅に水くくるとは　在原業平　37
山里は冬ぞ寂しさまさりける人目も草も枯れぬと思へば　源　宗于　40
朝ぼらけ有明の月と見るまでに吉野の里に降れる白雪　坂上是則　43

Ⅱ　冷泉家の和歌

共通の季節感に浸る　48
歌会／暦

春を詠む　53
春の浅緑／梅が香／桜

暮れゆく春　59
苗代の風景／暮春の花／春を惜しむ／藤波

夏　65
更衣／初夏／田植え

五月雨のころ　71
梅と橘／樗／なでしこ／鵜飼／蛍

盛夏に　77
蚊遣火／蓮／氷室／百合／夕立／蟬／扇

秋の気配　83
泉／納涼／蜩／夏越の祓／竜田姫

たなばた　89
七夕／乞巧奠
初秋　95
秋の七草／刈萱／露
虫の声　101
秋の野／鹿の声／秋の夕べ／稲妻／雁
月を恋う　106
中秋の月／心の月
月さまざま　112
日本の月／駒迎／鴫
花の弟　118
野分／鶉／葛／菊
今日を限りの秋　124
紅葉／稲穂／時雨／落葉
冬枯れの野　130
色無き野／枯草／寒蘆／氷

冬の月　136
衾／千鳥／水鳥
美しき雪降り初む　141
網代／霰／雪
ゆく年を惜しむ　146
神楽／仏名／早梅／歳暮
あとがき　152

表紙カバー・表《乞巧奠　星の座》
（冷泉家時雨亭文庫提供）
表紙カバー・裏《楓　上賀茂神社にて》
口絵　四季の歌　題字
藤原定家筆『古今和歌集　嘉禄二年本』より
（冷泉家時雨亭文庫蔵）
撮影　江口愼一
（表紙カバー・裏と口絵）
装丁　熊谷博人

和歌《うた》が伝える日本の美のかたち

「Ⅰ　季節の和歌」は雑誌「和楽」（小学館発行）二〇〇五年一月号から一二月号に「花百人一首」として掲載された文章を一部訂正し、加筆したものです。

「Ⅱ　冷泉家の和歌」は、「冷泉家時雨亭叢書」（朝日新聞出版発行）二〇〇三年一二月（第六七巻）から二〇〇七年八月（第八二巻）までの月報に随時掲載されたものです。

Ⅰ

季節の和歌

深山には松の雪だに消えなくに
都は野辺の若菜つみけり

詠人知らず

旧暦の新年は、立春の頃でした。今の暦では二月四日か五日が立春ですから、かつてのお正月は、現在のお正月よりひと月位遅い季節でした。

その頃確かに京の街中では梅が一輪匂い始めます。鶯《うぐいす》の初音《はつね》がどこからともなく聞こえるのもこの頃です。

つまりかつてのお正月はまさに春の始まりを告げるものでした。現在でもお正月に「初春」や「迎春」のことばが残っているゆえんです。

お正月とともに、池に結んでいた氷がとけ始め、陽射しが少しずつ明るく長くなっていきます。吹く風は寒いながら、それでも昨日の冬の風とは、どことなくちがう春の風です。

窓の外には、まだ雪がところどころ残っています。春の弱い光が射すかと思うと、また急に冬空に戻り、チラチラと雪が舞います。袖に止まらぬ春の淡雪です。

淡雪と書くだけで、寒いけれど、春の浅い情景を思うことができるのは、日本語の豊かさでしょうか。

春は世界中の人々が待ちこがれる季節です。枯れ野原から新しい生命が誕生します。春は再生の季節なのです。

私達は春の野原というと、チューリップやスィートピーなど、色とりどりの美しい花を思いますが、それはすべて外国から最近入って来た花々です。本来の日本の春の野原には、あまり花がありません。はこべやすみれは、とても小さな花で目立つようなものではありません。

日本の、ことに千年の間都のあった京の近郊の初春の野原では、萌え出づる若菜が美しい春の訪れを知らせます。

せり　なづな　ごぎやう　はこべら　仏の座　すずな　すずしろ　春の七草

春の七草は、大根や蕪などすべて菜っ葉です。冬の間緑色野菜が乏しく、緑を待ちこがれていた人々は、まだ雪の舞う春の野原に出て若菜をつみ、それを食べて春の喜びを感じました。これを今に伝えている行事が七草粥です。

かつて十二支が暦の基本だった頃、最初の子《ね》の日《び》はめでたいものだったようです。立春後の初めての子の日に、人々は早春の野山にピクニックに出かけました。

11　深山には松の雪だに消えなくに都は野辺の若菜つみけり

枯木の林の中にある常磐《ときわ》の緑の松に、いにしえ人は、永遠の命を見ました。とくに小さな若松は、まるで神の降りる木のように思ったのです。

その若松を根っこごと引き抜いて持ち帰り、門の両脇に立てたのが、門松の始まりです。根のついたこの松を根引き松と言い、子の日に根引き松を引きに行く行事を「ねのびの遊び」と申します。

現在でもお正月の床に、常磐なる緑の松が活けてあるのを見ると、何か改まった、めでたい気持になるのが不思議です。

また春を迎えられた喜びと、この一年の幸を、松に寄せ、松に託したいと願うのです。

大空は梅の匂ひにかすみつつ
くもりもはてぬ春の夜の月

藤原定家

早春というと梅に鶯、これは千年も前から、日本人の心に宿ってきたものです。

梅は中国で愛《め》でられ、わが国に入ってからは「むめ」とも書かれていました。

この花は花の兄として、一年の一番最初に咲くことで知られます。反対に最後に咲くのは花の弟、または花のとじめと言われる菊です。

岩陰にはまだ雪の残る春の浅い庭で、梅が枝《え》に蕾《つぼみ》がふくらみ始めます。やがて春の暖かい陽射しに、一輪ずつ五弁の花びらが開き出すと、人々は本当に春がやって来たことを知ります。梅の初花です。

どこからともなく、芳《かんば》しい梅が香《か》が匂います。雪かと思っていた白い蕾から、なつかしい香が漂い出し、ありとやここに匂っているのです。匂いはいにしえの日本語では、匂うように美しいというように、大変良い意味に使うことばでした。

かおりは夜でも感じることができます。だから梅は夜にも鑑賞しました。「夜の梅」です。寒いけれど、空には朧《おぼろ》の月が出ています。その月影の下に匂う梅を、昔の人は別れた恋人の袖《そで》が香かと思うのでした。

梅は白だけでなく、紅《くれない》もあります。うす紅から濃染《こぞめ》まで、風にあまる香りを漂わせて咲き匂います。二、三日、梅が枝の花数が増えていたかと思うと、また寒い日が訪れ、空から白い雪が舞い出しました。しかし冬の雪とは異なり、袖にとまらぬ淡雪です。淡雪、いかにも春の積らぬ雪を表わす美しいことばです。

また暖かい日が訪れ、明るい陽射しは一日一日少しずつ長くなっていきます。

梅が香に誘われ、鶯がどこかで春の歌を歌い出しました。春初めて聞くその声が鶯の初音です。谷から出て来た鶯は、まだ里馴れぬ声で、さえずり始めます。雪の古巣を出て、春の使《つかい》として、梅が香をしるべに都へと飛んで来たのでしょう。人々はその声を千代の初音と喜びました。

春の女神の佐保《さほ》姫は、野を山を緑に変えていきます。

野や川岸には、雪の下から、あるいは去年《こぞ》の枯草の間から、若草が萌え出します。萌ゆる緑です。その中でも早蕨《さわらび》は、まさに春のしるしとして、人々に愛されてきました。

まだ寒いながら、確かに春を覚える風のそよ吹く中、早蕨とりに出かけましょう。

氷や雪がとけ、清い冷たい水となって流れ出す小川の岸に、紫の蕨が顔を出しています。それを手折《たお》って籠に入れ、家《いえ》づと（みやげ）にしましょう。籠の中は春の匂いが一杯立ち込めるはずです。

遠くの山の峰には霞《かすみ》が立ち、あたりを隠しているようです。同じ気象現象でも、春は霞、秋は霧と言います。

春一番に立つ霞は初霞《ういがすみ》。きっと佐保姫が衣をひろげて、山を御簾《みす》の向うに隠してしまったにちがいありません。春の盛りはすぐそこです。

15　大空は梅の匂ひにかすみつつくもりもはてぬ春の夜の月

山里の春の夕暮来てみれば
入相の鐘に花ぞ散りける

能因

「春は曙」ということばを思い出す頃になると、季節は梅から桜へと移り、あたりはいかにも春らしい陽気につつまれてゆきます。

鶯は声高らかに春を歌い、野も山も若草の緑に覆われます。雪解けの水を集めて流れる川の水は、清く冷たく速く、谷を野原を里を潤して、人々に春の喜びを伝えつつ、しだいに大河へとゆるやかに旅装を変えてゆきます。

雪の舞う川面で冬の間遊び、羽を休めた雁《かり》は、桜の花の訪れを待たず、北の国へと霞の中を、一列《ひとつら》また一列と姿を消してしまいました。雁を見送るのは、霞の中に匂う朧の月影だけです。

枯枝かと思っていた桜に、花芽が目立ち、やがて色のなかった景色の中に、ぼうっとうす紅《くれない》の紗幕《しゃまく》をかぶったような木が見え出すと、桜の蕾がふくらんできた証《あか》しです。しとしとと降る春雨が、花を促し、ついに待ちに待った桜が開きました。

桜の花ほど、日本人に愛される花は他にありません。平安の昔から、花と言えば桜を示しました。平安貴族が愛でた桜、太閤秀吉の花見行列を彩った桜、特攻隊を見送った桜と、時代により、見る人により、同じ花でもまるで桜に感情があるかのように、私達は異なる印象を持ちます。

私が娘の頃まで、冷泉家の庭には「応挙《おうきょ》の桜」と呼ばれる山桜の老木がありました。円山応挙は冷泉家の和歌の門人で、出入りをしていた時に、その木を写生したと伝えられていて、その時描いた絵も今にのこされています。あたりの染井吉野系の桜が散ってしまった後、桜餅にしたいような葉をつけた枝に、うす紅というより白い花を、はるか木の上の方に咲かせていました。

その花が咲くと、座敷に座って、お茶を点《た》てたり、巻きずしを食べたり。部屋には旧暦で祝う雛《ひな》人形が飾られて、おひなさんとお花見を合わせた楽しい春の一日でした。

応挙の桜の花が一年毎《ごと》に少なくなって、ついには枯れてしまったのはもう何十年前のことでしょうか。それでも苔《こけ》むした太い幹を、夏の蟬《せみ》の声と共に今でも思い出すことができます。

応挙の桜の枯れた後、表通りの塀近くに一本の染井吉野を植えました。南からの陽をさんさんと受けて、この付近では一番初めに開く花が、道行く人に塀越しに春を告げます。いつも近くの大学の卒業式の、振袖姿のお嬢さんの記念撮影の背景になっているのを見かけます。

裏庭にはもう一本、紅枝垂《べにしだ》れが植えてあります。私達の結婚の記念樹です。紅の小さな花のついた枝が春風に揺れると、何か妖艶な感じがします。王朝の夢の恋物語を思い出すのでしょうか。

うす紅の桜を彩《いろど》るのは、若柳の浅緑です。春雨の玉を柳の糸が貫くとあんなに美しかった桜が散り始めます。花筏《はないかだ》になって春を惜しみながら、川を流れてゆくのです。

春すぎて夏来にけらし白妙の
衣ほすてふ天《あま》の香具山

持統天皇

青葉が日に日に濃くなり、陽の光がまぶしく輝き出すと、夏の訪れです。

人々は桜の花の思い出の込められた袷《あわせ》の衣から、蟬の羽衣のような単《ひとえ》に衣替えします。今では真冬に半袖を着たり、真夏に毛糸の帽子をかぶったりすることが流行《はやり》ですが、元来日本人は、季節の移り変りに敏感で、暦と共に衣を替えて、また廻《めぐ》って来た季節に出会える喜びを、衣服を通して表現して参りました。

卯《う》の花《はな》色の白かさねは、夏の美の象徴です。

旧暦の夏は、卯月《うづき》（四月）、皐月《さつき》（五月）、水無月《みなづき》（六月）。新暦ではおよそ、五月後半から八月後半に当る間でしょうか。

野原や岸辺で小さな白い花をいっぱいつける卯の花は、卯月に咲くことから、その名が生まれました。

目立たない花ですが、昔の人はこの花が咲くことで初夏の訪れを知りました。

枝をさし交す若葉は、日に日に緑が濃くなり、やがて月影さえもらさぬほど茂る梢に、木陰を求める季節へと移っていきます。

この頃に鳴くのは郭公《ほととぎす》。梅に鳴く鶯を待つように、いにしえ人は、明け方に鳴くそのひと声を聞くために、徹夜をもいといませんでした。

新緑を渡る初夏の風を受けて、都大路を進むのは葵祭《あおいまつり》です。この祭に供奉《ぐぶ》する光源氏の晴れ姿をひと目見ようと、女君達が場所取りに熱中した平安時代の姿そのまま、藤の花に飾られた牛車《ぎっしゃ》を中心にして、王朝装束《しょうぞく》の列が、大路を、鴨川の岸を、しずしずと進んで行きます。

葵祭は朝廷の勅使の一行が、雅《みや》びな装束に身を整え、下鴨神社、上賀茂神社に参向するものです。祭礼の前に、神が降りて来られるという神山《こうやま》に入って、二葉葵を摘み御所に献上します。葵は、ハート形をした二葉が美しいツル性の植物で、祭に供奉する人々はこれを冠にかざしたり、家々の門にかけたりして、神聖なその緑を喜びます。

私が小学生の頃、父が近衛《このえ》の使いになって、美しく飾った馬に乗り、祭に御奉仕いたしました。初夏の陽射しの中、下鴨神社の参道の緑陰で、学校を休んで父の姿を眺めたのは、遠いなつかしい思い出です。

雨上がりの夕べに風が、橘《たちばな》の甘い花の香を運んで来ます。橘は常緑の木に、初夏小さな白い、香りの強い花を咲かせ、それはやがて緑の小さな実となり、冬には黄色の玉となって、色のない冬の野に、美しい緑の木と黄金の実を見せます。昔の人は一年中美しいこの橘の木をこよなく愛しました。

紫宸殿《ししんでん》の前には、左近の桜に対して、右近の橘が古くから植えられています。私共の家の上《かみ》の間の前にもこれにならい、左近の梅と、右近の橘があります。左近の梅は、村上天皇以前は、御所も梅であったという故事に由来しています。

右近の橘の甘い匂いが漂い始めると、京都にも暑い夏がやって来るのです。

いつとても惜しくやはあらぬ年月を
みそぎに捨つる夏の暮かな

藤原俊成

現代の暦では、六月というとあじさいの咲く梅雨のうっとうしい日々を思い浮かべますが、旧暦では梅雨は五月でした。五月雨《さみだれ》は文字通り五月に降る雨で、これが梅雨です。五月晴《さつき》れは、五月雨が一時的に止《や》み、晴れ間が広がった空を示します。

梅雨は一年の中の最悪の季節です。ことに高温多湿の京では過ごしにくい日々が続きます。下水道も殺虫剤もなかった昔には、それは人が死ぬ季節でもありました。赤痢やチフスのような恐しい伝染病、あるいはマラリアや日本脳炎のような熱病は、いつの間にか人から人へと広がり、梅雨の湿気と気温に乗って人々を恐怖の底へと落とし入れました。

何とかこの病を家に入れないため、薬である菖蒲《しょうぶ》や蓬《よもぎ》を二つのザルを合せたような籠に入れ薬玉《くすだま》にして軒に吊《つる》したり、菖蒲で屋根を葺《ふ》いたりします。この菖蒲は、現在一般にショウブと称する植物とは異なり、根が長く、その根に芳香がある草で、この根が和薬として用いられました。

かつて陰陽道《おんみょうどう》が日常を支配していた時、数字にも陰陽がありました。めでたき数字は奇数です。奇数の重なる一月一日、三月三日、五月五日、七月七日、九月九日などの日を節会《せちえ》として祝うゆえんです。五月五日は梅雨に広がる疫病を防ぎ、子どもの丈夫な成長を願う日でした。

やがて梅雨が上がり、蟬時雨《せみしぐれ》の盛夏が訪れます。耐えがたい暑さの日々を、冷房のない時代のいにしえ人はどのようにしのんだのでしょうか。

六月の末で一年の半分が過ぎていきます。陰暦では同時に夏の終りを告げる日でした。

日本人は何か悪いことが起きると、身が穢《けが》れたと考えました。六月の末日に半年の穢れ、ことに疫病の流行《はや》った夏の穢れを祓い、美しい秋から始まる下半期を迎えるための行事、これが夏越《なこし》の祓《はらい》です。

穢れを祓う方法の第一は、清流に身を浸し清めることです。これを禊《みそぎ》といいます。日本は川幅の狭い急流がたくさんある国です。冷たい清流で禊する姿は、今でも霊場などで見ることができます。かつては賀茂川も禊するための川でした。

そのうちに身体全体を水につけるのを省略して、足だけ、あるいは手だけ清めることになっていきました。伊勢の五十鈴《いすず》川や、上賀茂のならの小川に、あるいは神社の手水鉢《ちょうずばち》にその姿を見ることができます。

やがてそれは人形《ひとがた》を作り、この人形で身体を撫《な》で、ここに穢れを移して、人の代りにこれを清流に流すように変っていきました。現在でも、京都の神社などでは、紙の人形による夏越の祓が盛んに行われています。

冷泉家の夏越の祓は、薄《すすき》の葉を折って十字にし、まん中を麻の葉で留め人形を作ります。これで身体を撫で、最後に息を吹きかけて穢れを水盤の水に祓います。こうして、半年が無事に終ったことを喜ぶのです。

ながむれば衣手涼しひさかたの天の川原の秋の夕暮

式子内親王

夏の夜は短いものです。いつまで経《た》っても陽が完全には沈まず、長い昼が続きます。ようやく闇《やみ》が支配したかと思うと、もう明け方が訪れます。

もちろん夏至《げし》が、最も夜の短い日ですが、その頃はちょうど梅雨のまん中で、空はどんより曇り、暗い日々が続いて、夜が短いという実感があまりありません。その頃に、現在の暦では七夕が廻って来るので、星空を眺めるということは、土台無理な話です。

旧暦の七月七日は初秋です。昔の暦では、七月八月九月が秋でした。今の暦の八月から十月にかけての頃に当るでしょうか。

旧暦の七月七日の夕べには、蒸し暑く過しにくい夏が、ようやく去り、どこかに秋の気配が漂い出します。

空が澄み渡り、星が明るく輝き、天の川が見え始めます。初秋の喜びと恋の物語が結びついたのが七月七日の星祭です。

この夕べ、天の川を隔てた彦星と織姫が、一年《ひととせ》に一度《ひとたび》の逢《お》う瀬《せ》を楽しみます。彦星は、七日の夕べに出ている半月を「月の御舟《みふね》」にして天の川を渡るとも、鵲《かささぎ》が羽を並べて架けた橋を渡るともいいます。天の川原には秋の七草が咲きそろい、白露が置き、美しい虫の音が逢う瀬を彩っています。

七日の夕べに、この二星《たなばた》に芸を手向《たむ》けると技《わざ》がたくみになると言い伝えられています。冷泉家でもいろいろな行事を催します。

一つは家族だけで行う七夕です。庭の梶《かじ》の葉に筆で和歌を書き、庭に立てた笹の枝に、色紙《いろがみ》などと共にこの葉を吊します。その前に祭壇を設け、和歌と共に、一枚の火皿《ひざら》に七本の灯芯《とうしん》を入れ、その灯明を星に手向けます。

もう一つは、和歌の門人達と行う「乞巧奠《きっこうてん》」です。

まず庭に、「星の座」と呼ぶ大きな祭壇を用意します。大きな九枚の土器《かわらけ》二組に海山の幸を盛り、その前に五色の布、五色の糸、秋の七草、和歌の短冊、さらに水を容《い》れ、梶の葉を一枚浮かべた角盥《つのだらい》等を置きます。

角盥というのは、塗物の洗面器で、持ち運び用の角のような柄《え》が四本ついたものです。これに水を容れて、その水に星を映して見るために用意すると言い伝えられています。

また、雅楽の楽器をこの夜の逢う瀬を楽しむ星に貸すために、星の座に置きます。

乞巧奠は、本来陽の高いうちに、蹴鞠《けまり》から始まります。アリヤーアリーというかけ声のうちに鞠がとび交い、やがて夕べが訪れますと、次にお手向けするのは雅楽です。笙《しょう》や琴の音が、初秋の風に乗って流れていく頃、あたりは夜が支配します。

星の座の周囲に用意した灯台《とうだい》に明りを入れ、和歌を歌い上げる披講《ひこう》という儀式が続きます。最後は参会者が、男性は彦星に、女性は織姫になったつもりで、天の川に見たてた白布をはさんで、恋の和歌を贈答し合い、別れの朝を迎えます。

白露に風の吹きしく秋の野は
つらぬきとめぬ玉ぞ散りける

文屋朝康

秋は美しい季節です。ことに立秋から始まる陰暦の初秋は、過しにくい夏を越えて、やっと迎えた好ましい季節でした。

朝夕、涼しい風が袂《たもと》を過ぎる頃になると、野原に美しい草花が咲き乱れます。現在野に咲く草花というと、チューリップやパンジーなどの西洋種の春の草花を思い描きますが、かつては草花という語は、秋に咲く野草を指していました。日本では春の野に若菜や若草など、萌え出づる緑を讃美し、秋の野には咲き乱れる花を喜んだのです。

萩《はぎ》、薄《すすき》、葛《くず》、女郎花《おみなえし》、藤袴《ふじばかま》、河原撫子《なでしこ》、朝顔の七草をはじめとして、背の高い、目立つ花々が秋風に揺れます。そこに宿す露を「露の白玉」あるいは「白露」といい、その玉の露に月影が映るというような幻想を楽しみました。

月の夜、露払いを先に立て、萩や河原撫子の袖《そで》ずり衣《ごろも》で、籬《まがき》の陰に現われるのは、光源氏でしょうか。

撫子は、和歌の世界では夏の花とされていますが、一方では秋の七草にも数えられます。撫子という字から、愛しい子ども、あるいは、女性を示すことがよくあります。冷泉家の女の紋に撫子が使われているのも、王朝の伝統の残り香でしょうか。

今でも撫子紋の入った着物に袖を通すのは、「愛しい女」を連想して、何となくうれしいものです。

玉の白露の置いた秋の野草にすだくのは、鈴虫、松虫、きりぎりす等の秋の虫です。

日本人は、美しい鳴き声の虫の脚が何本あるとか、羽は何枚あるとか、そういうことには全く無関心でした。ただ、鈴のような音《ね》で鳴く虫がいるだけで充分だったのです。実際は、羽をこすり合せて音を出すのですが、そんなことはどうでもよかった。いや実際には虫の音が聞こえなくとも、「鈴虫」という虫が、初秋の夕べには、鈴のような声で鳴くというお話だけで充分だったのかもしれません。

虫の音を鑑賞する習慣は、世界では非常に稀《まれ》なことのようです。

文屋朝康のこの和歌のように、秋草、特に薄の穂が風になびき、玉の露がその画面一杯に散っているような図は、塗物はもちろん、着物や帯の柄、果ては壁紙などにも、くり返しくり返し使われて来ました。その上に、半月や満月を描いて「武蔵野」と題する絵は、琳派の代表的な図柄の一つです。

私達がこのような絵を眺める時、西洋のとは異なる、日本の秋を思い浮かべます。

ヨーロッパ、特にフランス、ドイツ、イギリス等では、秋は短く、すぐ冬が来てしまう故に、さびしい季節以外の何ものでもありません。

29　白露に風の吹きしく秋の野はつらぬきとめぬ玉ぞ散りける

日本、ことに京都では、秋と呼ぶ季節が三か月あり、それは過しやすい美しい季節なのです。もちろん秋の夕べは、憂いの時ですが、それは同時に、恋の始まりをも暗示しました。夏の暑さから解放された人々は、美しい秋の野に恋の夢を見たのです。

秋風にたなびく雲の絶え間より
洩れ出づる月の影のさやけさ

藤原顕輔

雪・月・花というまでもなく、月は私達日本人にとって「美」でした。人々は毎夜月を眺めてくらしていました。

電灯というものがなかった頃、夜は暗いものでした。闇の中に浮かぶ月光は、他に強い光を発するものがない中では、まさしく美しい輝きだったのです。

そもそも昔の家にはろくに壁さえありません。戸を開けるとそこに大空が広がっていました。視界を遮《さえぎ》るものは、せいぜい隣の大杉か、庭の松ぐらいで、高いビルディングが視野をふさぐというような暴挙は考えられなかった頃のことです。

光り輝く月が満ちたり欠けたりするということは、科学的知識のない時代には、神秘そのものでした。その月の満ち欠けを見て、暦を刻んだのが陰暦です。

月も太陽も東から昇り西に沈みます。ただ、月は太陽が出ている時は見えませんから、月の出や月の入りを目にするのはそんなに多い日数ではありません。

空が晴れているのに、月が出ない夜が新月です。この日が陰暦の一日《ついたち》でした。やがて、日が暮れると、西の空に鎌のような月が出るようになります。三日《みっか》の三日月です。七日《なのか》か八日《ようか》には、日が沈むと南の空に半月が浮かびます。

だんだん月は大きくなり、毎夜少しずつ、より東の空から見えだします。そして十五日になると望《もち》の月、満月です。

十五夜の月は、日没と同時に東の空に昇りだし、ひと晩中輝いて、日の出と共に西の空に没します。十六日になると、月は昨日に遅れること五十分余で、昇りだします。「いざよふ」、つまりぐずぐずするので、この月を「十六夜《いざよひ》の月《つき》」といいます。十七日はもっと遅くなり、立って待っているとやっと昇ってくるので、「立待《たちまち》の月《つき》」といいます。十八日はずっと遅くなるので座って待っていると昇るという意味で「居待《ゐまち》の月《つき》」、十九日には、もう横にならないと待っていられないというので「臥待《ふしまち》の月《つき》」と呼びます。

月の出が遅くなるほど、月は欠けてゆき、二十五日もすぎると、三日月とは反対の鎌の月になります。この月が東の空に出ると、すぐ後を追って太陽が昇ります。月が東の空にあるままに明けるので、この月を「有明《ありあけ》の月《つき》」といいます。そしてまた新月を迎えます。

こういうふうに月が一周するのを、文字通りひと月といいました。

いにしえ人にとって、月は美であり、神であり、暦であったのです。

和歌では月といえば秋の月を示します。秋は空が澄み、月がいちばん美しい季節です。旧暦の秋は、七月八月九月。そのまん中の中秋、すなわち旧暦八月十五日の月が、昔から名月とされてきました。今の暦では九月になるのが普通です。

王朝人が恋人を待ちつつ、傾く月を眺めていたのもこの季節でしょうか。庭には美しい七草が咲き乱れています。

山川の菊の下水いかなれば
流れて人の老いを堰《せ》くらん

藤原興風

菊は花の弟、または花のとじめといい、一年の最後に咲く花とされてきました。

今私達は菊というと、大輪の厚手の栽培種を思い描きますが、昔はもっと素朴な花だったはずです。秋の澄み渡る空のもと、菊が気高く匂うのは美しいものです。なかでも黄菊、白菊は、最も尊い花とされ、秋のお祝いの席を飾るためには無くてはならない花でした。

菊の古郷《ふるさと》、中国には、菊慈童《きくじどう》の物語があります。これは、容姿が美しく、王に愛された菊慈童という青年が、流罪《るざい》にあいます。しかし、崖の上にある菊の露がしたたり落ちて流れて来る、白河という名の川の支流の水を飲んで、七百歳という長命を生き仙人となったという伝説です。

旧暦七月、八月、九月は秋です。その晩秋九月九日は重陽《ちょうよう》の節句です。今の暦では十月から十一月の初めに当ることが多いでしょうか。陰陽道の思想では奇数がめでたい陽数でした。そのなかでも九は、

「ひい、ふう、み、よう」と数えれば「ここ」と読み、最もめでたい数と考えられていました。「九」こそが長寿を約束する数字だったのです。「九重《ここのへ》」といえば本来は宮中のことですし、その陽数が重なるということで「重陽の節句」といわれ、この日は長寿を祈る行事を行いました。

重陽のシンボルは菊の露です。八日の夜、菊の花に綿をかぶせます。これを着せ綿といいます。夜の間に露が移った綿を、九日の朝懐《ふところ》や袂に入れたり、九日に露の置いた菊を浮かべた御酒を飲むと、長寿が約束されるといいます。とにかく日本では菊は長寿の印でした。

ところが、原産地の中国からヨーロッパに入った菊を、ヨーロッパの人々は、何故かお墓に持って行く花としました。この考えが近年わが国に入り、この頃では菊はお葬式の花になった感がします。ことに白菊は、葬式の献花やお供え花に使われ、本来とは全く逆の悲しみの花になってしまいました。

しかし今でも、菊は皇室の紋に使われたり、名酒の名に使われたりして、その気高い美しさを伝えています。いにしえ人は、咲き初《そ》めた若い白菊を美しいと思うと同時に、霜が置き色が移ろい、白さを脱して、黄色の枯色を見せる手前の、少し紫色がかった菊に、えもいわれぬ美を覚えました。

冬になり、枯れ野原の中にまだ花をつけ続ける菊を「残菊《ざんぎく》」といいます。霜が置き、あたり一面白い冷気が漂う中で、菊がひっそり咲き残っているのを見るのは、王朝人のさびしい冬の楽しみだったに相違ありません。

今の暦では、真冬のうちに、春を迎える新年が廻ってくるので、仕方ないとはいいつつ、新春のシンボルである花の兄「梅」と、一年の最後のシンボルである花の弟「菊」を、新年の祝賀の床の花瓶に入れるのは、日本人が季節感を失った象徴のようで、悲しい気がします。

ちはやぶる神代もきかず竜田川
から紅に水くくるとは

在原業平

晩秋から初冬にかけては、一年のうちの最もさびしい季節です。その季節を彩るのは「紅葉」。紅葉と書いて「もみぢ」と読みます。もみじは、本来は秋の終りから冬にかけて、木の葉が色付くことを示すことばでした。

春のさくらと秋のもみじは、日本を代表する美です。昔から人々は、さくら狩り、もみじ狩りというように、「狩り」という特別のことばを、このさくらともみじにだけ使って、その美を観賞してきました。「狩り」という語は、そこに神を感じたからだと言われています。

京では、山々が黄や紅に染まる頃、時雨が降ります。今青空だったのに急に雲が広がり、細い雨がサーッと降ったかと思うと、またいつの間にか弱い太陽の光が射す、こういう晩秋から初冬の雨を時雨と呼びます。

嵯峨野や小倉山は、時雨がよく降る所です。冷泉家の遠祖《えんそ》、藤原定家が小倉山に営み、そこで百人一首を撰んだと言われる山荘を、後世時雨亭と称したのは、この地が時雨の似合う土地だったということと、定家卿が時雨の降る頃をよく和歌に詠まれたからでしょう。

現在、冷泉家に伝来した文化財を維持保存する公益財団法人の名称を、「冷泉家時雨亭文庫」としたのは、定家卿にあやかってのことです。

時雨が降る度にもみじが深まっていきます。時雨がもみじを染めるといいます。まだ浅い紅葉を「一入《ひとしほ》」に、深い色の紅葉を「千入《ちしほ》」「八千入《やちしほ》」に染めると言うのは、染料の中に布を一回入れる、または千回、八千回入れて、色をだんだん濃くするという語から出ていることばです。

もみじを染める女神を竜田《たつた》姫と呼びます。春の佐保《さほ》姫に対して秋の竜田姫。いにしえの人々が、季節と共に色を変える野や山を、女神の仕業《しわざ》だと考えた、美しい想像の世界です。

黄や紅がやがて時雨の合間に吹く木枯しに舞い散る季節が訪れます。

奥山に紅葉踏み分け鳴く鹿の声聞く時ぞ秋は悲しき

猿丸大夫が詠んだというこの和歌は、百人一首の中でも最も有名で、誰でも知っています。すなおで、読めばたちまち内容が理解できます。

奥山に散り敷くもみじの葉を踏んで、鳴いている鹿のさびしそうな声。そこに人々は、人生の秋と深まりゆく秋を重ねて、しんみりとした思いにかられるのです。

しかし現在、本当に鹿の声を聞いた人があるでしょうか。奥山にもみじを踏み分けて、鳴いている鹿を見た人があるでしょうか。見たことがないのに、皆見たような気分になって、更けゆく秋に思いをつのらせているだけです。これは多分、猿丸大夫の頃でも同じだったと思います。もちろん現在よりも、鹿を見る機会が多かったとしても、人々は昔から、紅葉に鹿というとり合せに、秋を感じ、そこにまた重ねて自分の心を投影してきたのです。

日本の美、和歌の美はこういう型の美なのです。

山里は冬ぞ寂しさまさりける
人目も草も枯れぬと思へば

源　宗于

北半球に住む人々は、昔から冬が嫌いでした。夜が長く、昼が短いからです。それは北へ行くほど顕著で、北欧などでは、一日中太陽が昇らない日があるほどです。

電灯が発明されて以後は、夜も昼も変らぬ生活ができるようになりましたが、それ以前は、とにかく夜は闇が支配する世界でした。

人は本能的に暗闇を恐れます。第一、見えないのですから、眠る以外やり過す方法がありませんでした。

野山には寂しい枯野が広がっています。いにしえの人々は、こういう野を見て、色がないと感じました。欧米人が茶色を感じるのと大いに異なる感覚です。

色のない枯野で、ただ一本、風に吹かれて咲いている菊を「残菊」と言います。菊は秋の象徴ですが、残菊は冬になっても咲き残っている、なんとなく寂しい菊の花のことです。

冬の冴え渡る月の光に照らされて、枯野に光るのは霜です。霜は露が寒さに凍って出来ると考えられて来ました。だからでしょうか、露も霜も「置く」ということばが使われます。

冬の美は、何といっても雪です。雪は白いと言います。白は現代では無彩色と考えられ、色ではないのですが、昔の人々は白い色を感じました。色のない枯野に、白い色の雪が積もるのです。

冷泉家では、初雪が降ると、俊成卿のお像をとり出し、皿に雪を盛って供える行事があります。

冷泉家の祖、藤原俊成は、平安から鎌倉時代にかけて活躍した歌人として有名ですが、同時に当時としては珍しい九十一歳の長寿を保ち、最後まで現役の和歌詠みとして活躍したことでも知られています。卿の最期の様子が、その子である定家卿の日記『明月記』に著されています。

俊成卿は九十の賀を宮廷で賜った翌年、熱病に倒れます。定家卿が知らせで駆けつけた時、父卿は「熱い熱い」と言い、雪を欲しがります。定家はそこで北山に人を遣《つかわ》し、雪をもって来させますと、俊成はこれを食べ、大いに満足して、浄土へ旅立ちました。

今に残る初雪の行事は、このことを伝えているのだろうと思います。

つまり、昔雪は見るだけではなく、食べるものでもあったのです。そういえば、私も子どもの頃、雪が葉の上などに美しく積もると、祖母がほんの少しお皿に取って、スプーンで食べさせてくれたことを思い出します。

俊成卿のお像の前のお皿の雪を見ると、これがかき氷に変化したのではないかとも思います。夏の日盛りに、イチゴやレモンの赤や黄色の鮮やかな色の甘味料のかかったかき氷は、子どもの頃には天国のようなおいしさでした。かき氷を昔から食べる国を私は他に知りません。

降り積もる雪の中に、人々は冬ごもりをして、来る春を待ちます。

歳暮で一年がそして冬が終り、新しい年である新しい春がまためぐって来るのです。

朝ぼらけ有明の月と見るまでに吉野の里に降れる白雪

坂上是則

新暦の上では冬の間にお正月を迎え、初春、迎春と心だけは春を感じたのに、季節はやっぱりまだ冬のまん中です。ことに今の暦の一月の末から二月の初めにかけては一年で一番寒い季節でしょう。旧暦の冬です。

木枯しの吹きすさぶ池には、水面に浮かぶ枯葉を閉じて、氷が結び初《そ》め、夜空に冴えわたる月影は、氷をみがくように冷たく輝いています。湖の汀《みぎわ》に繋っていた葦《あし》は、いまやすべて枯れ果てて色もなく、水面に折れ伏したり、寒風に乾いた音を立てて、夏の緑がまるで幻であったかのような景色です。

打ち捨てられた舟が一艘《そう》、あるかなしかの波に揺れています。二、三本の枯葦がちょっと動いて、目にもあざやかな雄の鴛鴦《おしどり》が、スーッと湖面に現われると、すぐ後からは、ずっと地味な色をした雌鳥が、同じような動きで従って来ました。水の輪が静かに広がって行きます。羽風も氷《こお》るつららの床で、つがいの鴛鴦はどんな夢を見るのでしょうか。

鴨川では多くの渡り鳥が冬を越します。なかでも都鳥《みやこどり》と称されるユリカモメは、その数も多く、朝、琵琶湖より集団で飛んで来て夕方にはまた元の湖へと帰って行きます。数百羽もの白い鳥が、川面や岸辺に遊び、また舞い立つ姿は、寂しい冬景色の中の楽しい風物です。

忙しく動く都鳥の中で、川の流れに逆らって一本足で静かに立っているのは白鷺でしょうか。

何を思いついたのか、白鷺が羽音を立て急に飛び立って、大きく空を舞ったかと思うと、近くの枯木の林の中の、ひときわ緑濃い松の枝に止まりました。いつかどこかのお床で拝見した松鶴図のような美しい姿です。

夕ごりの空から白雪が舞い始めました。夜の間、音もなく降り積った雪があたり一面まっ白に埋めた翌朝は、空が晴れ渡り、雀の鳴き声で目を覚すと、障子越しの外の光が明るく輝いているのに気付きます。雪の朝です。

梅の枯木には白雪の匂わぬ花が咲きました。常磐なる松にも白い雪が美しく映えています。

遠くに鳥の声が聞こえるだけで、あたりはいつもよりずっと静かです。時々聞こえるのは、竹の雪折れの音でしょうか。

都の大路も、庵に通う路もすべて雪に閉ざされてしまったようです。いつまで待っても、庭の雪には、恋しい人の足跡さえつかない、清く静かな冬の朝です。

白雪の中から可憐な花を咲かせているのは早い梅でしょうか。寒さの中に、やさしい匂いを漂わせています。

遠くの山々もすっかり白い雪に被《おお》われてしまいました。昔は、遠くの山里で炭を焼く煙が、こんなに晴れた雪の朝には京の街中からも見えたと言います。

冬ごもりの支度ができあがりました。部屋の中で埋火《うずみび》をかき起こし、睦《む》つ語りしつつ、春の来るのを待ちましょう。

Ⅱ

冷泉家の和歌

共通の季節感に浸る

歌会

冷泉家は和歌の家である。現在でも営々とその道を伝え、歌会を開き、門人を教えている。それは和歌、やまとうた、あるいはうたと呼ばれ、短歌とは決して言わないものである。もちろんその型式は五七五七七の三十一文字《みそひと》からなる短歌で、長歌や連歌は失われて久しい。

歌の優劣を争う歌合《うたあわせ》もそのやり方さえ今は伝わっていない。

現在、一般に短歌が盛んである。その短歌は芸術の一分野としての文学に位置するもので、近代以後の自我の表現の一手段とされている。すべての歌人、あるいは結社は、私とあなたとが異なることを、五七五七七の中に表現することを至上とし、「命を削り」「慟哭《どうこく》して」、一首を創作する。創作したものは文字を通して読んで鑑賞する。

これに対し、冷泉家の和歌は私とあなたは同じであることを見出すものである。近代的思想の下で、自己を表現することを芸術というならば、冷泉家の和歌は、芸、あるいは技に置き換えられるものかもしれない。

冷泉家の歌会ではいつも題が出される。それは多くの場合、四季と関連するもので、参会者は、共通の季節感に浸り、永い時間によって洗練されたことばで三十一文字を紡《つむ》ぎ、できたものを声に出して歌うこと、あるいはそれを聞くこと、または書くこと、読むことで鑑賞する。

年賀状を例にとって考えてみよう。年賀状は新年を迎え、ことばは異なっても、とにかく「めでたい」ことを表現するものである。めでたくない人は年賀状は出さない。年末に「喪中につき」と書いて出すのは、皆の祝う正月がめでたくない人である。

元旦から「悲しい春です」は礼儀に反する。「新年おめでとう」「謹賀新年」「ア・ハッピー・ニュー・イヤー」と、限られたことばの中で、めでたさを工夫する。

葬式はまた、出席する以上、弔いで、こんな席で「おめでとう」は、不謹慎極まりない。

冷泉家の歌会はこれに似ている。まず歌会の主題がある。それは題によって規定される。それぞれの題には、決められた詠み方がある。これを教授するのが、冷泉家の月次《つきなみ》の歌会である。

詠まれた和歌を披講という独特の節の朗詠で、歌い聞く。よって、決まった披講の節に合わない字余りや字足らずは、避けなければならない。ことに字足らずは嫌われる。

暦

冷泉家の和歌で使われる暦は、旧暦、すなわち太陰暦である（正確には太陰太陽暦だが）。わが国に暦の概念が入って以来、明治五年（一八七二）までの永き間、人々は太陰暦を使って生活を営んできた。太陽暦を使うようになった年月とそれ以前との歴史を比べると、太陰暦を使用してきた日々のほうが圧倒的に永いことがわかる。私たちの伝統的季節感は、太陰暦によってつちかわれてきた。

かつて電灯のない夜、万人に等しく輝いたのは月である。今のような高いビルがない夜、あるいは壁さえもまともにない家に射し込む月の光は、美しくまた神秘的なものだった。人は月の満ち欠けを見て暦を刻んだ。

太陽は朝、東から昇り、夕方西の空に沈む。そんなことは誰でも知っているが、月も同じように、京都では東山から出て、西山に没する。日がある間には、月は見えない。月が輝くのは、いつも太陽が沈んでからである。現代の私たちは、月を眺めなくなって久しい。こんな当たり前のことさえ忘れがちである。

夜空が晴れているのにどこにも月がない夜、すなわち新月の日が、旧暦のついたちである。「月が立つ」が語源とされる。

やがて日が沈むと、西空に弓張月が見える。三日の月、三日月である。半月は七日ごろの月。日没とともに南の空に輝き出し、やがて西の空へと駆け足で渡ってゆく。どんどん月はまるくなり、見えはじめる位置が東のほうへと移っていく。

十五日になると、西の山に日が落ちると同じころ、東の山から望月が顔を出す。円というものに、今では誰も注意を払わないが、かつてはまんまるというだけで、めでたきものだった。満月は一晩中明るく輝いて、東山に日が昇るころ西山に沈む。十六夜の月はいざよいの月という。十五夜の月の出より、いざよう、つまりぐずぐずする。十七日の月はさらに遅れる。立って待っていたら出てくるから立待の月。十八日にはさらに遅くなって、立って待ってはいられない。座って待っていると昇ってくるから、居待の月。十九日には座って待ってもまだ昇らないから、寝て待っていましょうと、臥待の月という。

どんどん欠けはじめ、それにつれ月の出も遅くなり、やがて二十五日も過ぎると、ようやく東の空に月が昇ると、続いて太陽も昇り、空が明るくなって、月は消えてしまう。月が空にあるのに明けるから、これを有明の月という。

有明の月はいつも明け方に、東の空に見える。そしてまた新月。この一周期を文字通りひと月というのだから、現在のひと月は、本来は別のことばと文字が必要なのだ。

旧暦のひと月は二十九日か三十日、大の月と小の月の配列は年によって異なる。またこれでいくと、現在の一年である三百六十五日余、すなわち季節と大きくずれていくので、閏《うるう》を月単位で設けて是正する。どこにいつ閏月を入れるかを決めるのは、当時の暦博士の重要な仕事であった。

新暦の二月初めが、旧暦の一月一日に当たるから、新旧の暦には一か月ほどの差がある。旧暦では、一月二月三月が春。睦月《むつき》・如月《きさらぎ》・弥生《やよい》という。夏は、卯月・皐月・水無月、四月五月六月である。秋が七月八月九月、それぞれ文月《ふづき》・葉月《はづき》・長月《ながつき》が代表的異称。冬は十、十一、十二月の神無月《かんなづき》・霜月《しもつき》・師走《しわす》と続く。

さて一、二、三月の春の節の後、節を分ける節分となり、翌日が立夏、また四、五、六月の夏の節の後、節分が来て翌日が立秋、その後七、八、九月の秋の後、節分を越えて立冬となり、冬の節の十、十一、十二月を終えると節分があり、立春で春を迎える。現在、本来四回ある節分のうち、先の三回が消滅してしまい、かろうじて、冬と春を分ける節分のみが残った。

節分の翌日が立春、今の暦では節分が二月三日か四日であるから、立春が二月四日か五日になる。このころに一月一日の新年が来るようにというのが旧暦であった。なかなか立春と新年が重なるということはなかったが、確かにこのころに京都では、梅の蕾がほころびはじめ、御所の杜《もり》の鶯が初音を聞かせてくれる。

年の内に春は来にけり一年をこぞとやいはむことしとやいはむ　　在原元方

今の正月は冬の間に訪れる。「はつ春」「新春」ということばだけが残っているが、まだ冬の最中で、春という感じからは程遠い。

冷泉家の和歌は今でも旧暦で詠まれているが、新年だけは新暦にのっとっている。皆が正月を祝っているのに、イヤうちはまだ十二月ですとは言っていられないからである。

春を詠む

春の浅緑

旧暦では立春の頃、文字通り新春の一月一日がやってくる。厚くはっていた池の氷も、枯野の原に積もった雪も、立春とともに解け初《そ》める。

袖ひぢてむすびし水のこほれるを春立つけふの風やとくらむ　　紀　貫之

立春から初めての子《ね》の日には、春の野山に出かける行事があった。「子の日の遊び《び》」という。子は十二支の最初で、めでたきものだったのだろう。春とは名ばかりで、野も山もまだ枯れ草や木が広がっている。深山《みやま》はまだ雪が深い。

その中で常磐《ときわ》なる緑は松だ。生命がみな枯れてしまったような枯木の中で、ひとり緑を保つこの木に、人々は永遠の命を見たのであろう。中でも若松の生き生きとした姿を限りなく賞《め》でた。その若松を根から引き抜いて持ち帰る。根引き松である。根引き松は正月の象徴となった。これを門の両脇に立てて、門松とする。あるいは、これを庭などに植えるという習慣もあったらしい。

さざ浪や志賀の浜松ふりにけりたが世にひける子の日なるらん　　藤原俊成

この行事が実際に行われていたとは思えない。春の最初の子の日には、こういうことを行うのですよという、物語が伝えられてきたのであろう。

初霞《ういがすみ》が立つ。同じ気象現象であるが、春は霞、秋は霧。この区別は歴然としていたが、気象用語がすべて霧に統一されたのは残念なことだ。朝霞の中から、いずこともなく鶯の初音《はつね》が聞こえる。鶯は山から里へ出て春を告げる鳥である。鶯ほどその鳴き声が日本人に愛された鳥は他にない。

春の野は、残雪の間から、新しい緑が萌え出す。京の春の野には、本来花はない。あっても目立たないはこべやすみれの小さな花で、春の野という時、人々は花ではなく、緑の若菜を連想した。

せりなづなごぎやうはこべら仏の座すずなすずしろ春の七草　　詠人知らず

春の七草は七つの菜である。初春にこの七草を摘んで食べるのが七草粥。緑の野菜の乏しかった冬を経て、春の萌え出づる緑を食するのは、まさに春の喜びであったはずだ。

君がため春の野にいでて若菜摘むわが衣手に雪は降りつつ　光孝天皇

梅が香

では春の花はどこにあるのか。木である。まず梅。梅は花の兄とされ、一年の最初に咲く花と考えられた。雪かと思うと、その白い花は、あたりに香を漂わせる。香に誘われて鶯がやって来たようだ。

梅が枝に鳴きてうつろふ鶯の羽白妙に淡雪ぞ降る　詠人知らず

春の雪は淡雪といい、袖にとまらぬ雪と詠む。淡雪というだけで、降ってもすぐ解ける春の雪を連想できるのは、日本語の豊かさの象徴だ。

春の野にはいよいよ若草が萌え、浅緑が美しい。雪解けの水が流れる谷川の岸辺や、岩陰に早蕨《さわらび》を見つけて摘むのは、春まだ浅い日の喜びであった。

見上げる夕空には、おぼろに霞む夕月が見える。単に月という題の時は、いつも秋の月を詠むことになっているが、春の月も夏の月も冬の月をも和歌に詠む。春の月はいつもおぼろに霞み、夏の月は涼しく見える。秋には澄む月で、冬は冴ゆる月影となる。

梅の花にほひをうつす袖のうへに軒もる月のかげぞあらそふ　　藤原定家

有明の月を残したまま明ける春の曙は、清少納言以来の人々の好んだ風景。霞の中より春の朝が訪れる。

春は雨さえも霞の中より降る。糸より細き春雨が緑を少しずつ深くしていく。春雨がくり出すのは、柳の糸。柳は、春一番に芽を吹く木とされていて、その浅緑の糸が春風にそよぐのを、春の女神である佐保姫の春のかつらにたとえて愛でた。青柳、若柳は、春の象徴である。

春雨につばさをぬらして、ひと列《つら》、ふた列と、都を後に、北へと帰るのは雁《かり》の群である。春霞の中に、あるいは春の雲の中に、花の咲くのも待たずに消えてゆく。

今はとてたのむの雁もうちわびぬ朧月夜のあけぼのの空　　寂蓮

春駒《はるのこま》の題では、春の野原に遊ぶ馬を和歌にする。近くの山から聞こえるのは雉子《きぎす》の声であろうか。若草から春の霞の空にとび立ち、夕べにまた草むらに落ちてくるのは雲雀《ひばり》の姿だ。

いよいよ季節は桜へと移っていき、春は爛漫を迎える。

桜

花という時、普通は桜を指す。桜ほど日本人に愛され、和歌に詠まれてきた花もない。桜は「待花《はなをまつ》」から「盛花《さかりのはな》」を経て「落花」まで、そのすべての風情《ふぜい》が和歌となった。

花は雪にも雲にもまた霞にもたとえられ、白あるいはうす紅《くれない》色と詠む。遠くの山の花から、庭の一本《ひともと》の桜まで、すべて美しい。春雨にぬれて散りゆく様も風情があるし、川の流れに散る姿もまた和歌に詠む。

うす紅に浅緑の芽を吹く柳の糸が混じると、これこそ都は春である。

見渡せば柳桜をこきまぜて都ぞ春の錦なりける　素性

またや見む交野《かたの》のみ野の桜狩花の雪散る春のあけぼの　藤原俊成

野遊《やゆう》というのは、春の野遊びのこと。「友どちと帰さ」さえ忘れてすみれを摘む。そんな時ふとかげろうの立つのが見えることがある。かげろうのことを遊糸と書いて、いとゆうと読む。春のみ空にゆらゆらと行く方知らぬいとゆうが立つのは、まことにのどかなものである。遅日《ちじつ》というのは、春の日が長く暮れるのが遅いことを指す。のんびりと、一日をすごすことを和歌にする。

かつてこの国には陰陽道《おんみょうどう》という考え方があった。すべてのものは、陰と陽に分けられ、陰陽が一つとなってもの事が成立するという思想である。消極的性質を有するものを陰、積極的なものを陽とする。陽がもちろんめでたきものである。数字にも陰陽があった。偶数が陰、奇数が陽。だから奇数が重なる一月一日、三月三日、五月五日、七月七日、九月九日は、節供《せっく》となっていったのである。

三月三日《やよい》は、桃の節句。漢の武帝が西王母《せいおうぼ》から、三千年に一度実る仙桃を与えられたという伝説を秘める日である。

三千年《みちとせ》になるてふ桃の花咲けり折りてかざさむ君がたぐひに

『落窪物語』

暮れゆく春

苗代の風景

花の盛りがすみ、陽光がまぶしく輝く。どことなく夏の訪れが近いことを知らせる晩春、南からわたって来て、軒端《のきば》に巣をかけるのが、つばめ、あるいはつばくらめと読む燕である。燕が来ると入れ替わりに、雁が北の国へと帰っていく。

燕は「古巣たづねて来る」あるいは「古巣忘れぬ」鳥で、毎年同じ軒端に巣をかける。また番《つが》いの相手を変えないことから、春の日にうららに鳴く姿は、結婚の象徴とも考えられて来た。

若草が日に日に深くなっていく春の野に、可憐な小さな紫の花が匂う。「菫菜」と題には書く、すみれである。その名前は墨を入れる墨壺にその花の形が似ているからだという。「一人すみれ」と「住む」にかけたり、「月もすみれ」と「澄む」にかけたりする。春うららな野辺に摘むすみれは、その匂いもうるわしい。花の色である紫を、「ゆかりの色」と称す。

荒れはててさびしき宿の庭なればひとりすみれの花ぞ咲きける　崇徳院

蛙は「かはづ」と読み、春に別れるころ、すなわち晩春の題とされてきた。水辺に鳴くその声を和歌にするのであって、その姿は決して詠まない。春の暮れゆくのをうらんで、「つつ井」や「池の下水《したみず》」に声が流れる。蛙の声のする川面には、山吹の黄金の花が揺れている。

田には、せき入る水を待ちかねて蛙の声が響き始める。もう田植えが近いのだろう。「苗代《なはしろ》」は早苗を育てる田。ここで育った苗を水田に植える。苗代に限らないが、田に関することをはじめ、すべて労働に関することは、風景として詠むのであり、自らが主体として労働することは決して和歌にしないのが、大きな特徴である。「鄙《ひな》の賤《しず》が男《を》」あるいは「賤《しず》が女《め》」の姿を、景色の点描として眺める。ここでいう賤が男あるいは女は、卑賤を示す本来の意味を離れ、一般の人、市民、農民などを表すことばである。

早苗が育ちつつある苗代の景色を詠む。「水豊かなる」「水せきあまる」苗代の周囲には、早苗の成長を、ひいては豊かな秋の実りを祈って、注連縄《しめ》がめぐらされている。「結《ゆ》ふ注連」が水面に影をおとす。夕暮れになると蛙の声が流れくるのも、暮春の里の「あはれ」だ。

暮春の花

躑躅《つつじ》は晩春から初夏を彩る花である。とくに今日では、白あるいは桃色の花もよく見られるが、和歌ではいつも紅色、それも濃い紅を「濃染《こぞめ》の色」「八入《やしほ》の紅」というように詠む。「入」というのは、染料につけることを示し、「ひと入」といえば、染料に一回つけたようなうすい色、「八入」は何回もつけて濃くなった色を示す。「岩つつじ」「岩根のつつじ」「松の下照るつつじ」が、紅に咲いている。

「杜若《かきつばた》」は春の最後に、野沢や池辺に濃い紫の花影を水面に映す。昔この花の汁で布を染めた「書付け花」という語から、かきつばたの語が生まれたように、「花すり衣」「衣するてふ」と詠むことが多い。かきつばたのかきを「垣」とかけて、垣が物を隔てることから、「春のへだて」「咲きへだてつる」というのもよく使われる。もちろん、『伊勢物語』の八橋《やつはし》のかきつばたの折句はあまりに有名なこととして踏まえる和歌も多い。

唐衣きつつなれにしつましあればはるばるきぬる旅をしぞ思ふ　『伊勢物語』

晩春に濃い黄色の花を咲かせるのは山吹である。山吹色という色の命名で、誰もがそのクリームイエローを思い出すことができる。冷泉家では、歌題として山吹を示すとき「款冬《くわんどう》」という語を使う。しかし和歌の中では款冬の語は使わず、いつも山吹である。山吹は一重《ひとえ》も八重も歌にする。

黄色を染める原料にくちなしの実がある。これから山吹の黄色をくちなし色といい、口なし、すなわちことばがないことから恋文の返事が来ないことをかけて詠むことも多い。

山吹の名所は井出の玉川。玉川に散りゆく山吹を蛙の声とともに和歌にする。また「春の限りの色」に「露をとををに置」いた山吹は「青柳の下葉に混ぢり」美しく匂う。

駒止めてなほ水飼はむ山吹の花の露そふ井出の玉川　　藤原俊成

春を惜しむ

弥生の晦日でいよいよ春に別れる。「暮春」の題は、弥生の後半、晦日までを詠む。春を告げて、山より都に出て来た鶯は、また山へ帰っていく。「都を出づるうぐひす」である。花も「ぬさと手向けて」散ってしまった。惜しむ涙の春雨が、別れに降っている。いくら惜しんでも美しい春の景色は変っていくのに、象徴である霞ばかりに春は残っている。そして「霞のうちに春は暮れ」ていく。苗代の蛙も、春の暮れをうらんで鳴く声が渡る。「惜しむ心は尽きせぬ」。それほどに、春は美しい、喜びの季節、再生の季節なのだ。

待てといふにとまらぬものと知りながらしひてぞ惜しき春の別れは　　詠人知らず

「三月尽」という題は冷泉家では「さんがっしん」と読む。陰暦三月、すなわち弥生の晦日のことである。春は三月で終るが、そのいよいよ最後の日、三月がつきる日、三月晦日を三月尽という。これに対応して、秋が尽きる日「九月尽」も、題として存在するが、夏の尽きる「六月尽」、あるいは冬の尽きる「十二月尽」は、歌題にはない。つまり春秋の良い季節が去るのを惜しむためにある題で、厳しい暑さ寒さの去る日は和歌にしない。花も鳥も今日を最後にして見えなくなって「明くるよりはいかにせん」という。

ゆく方もしられぬ春としりながら心尽くしのけふにもあるかな　　藤原公実

藤波

一月から始まった春は、三月で終りとなる。三月から四月にかけて、すなわち春から夏にかけて咲くのは藤の花。単に「藤」と題する。藤のたれ下がった紫の花房が、晩春のあるいは初夏の風に吹かれてなびく様子を、藤波といってよく和歌にしてきた。

春夏の中にかかれる藤波のいかなる岸か花は寄るらん　　源　重之

また誰もが喜ぶ春を惜しんで、藤は「行く春の忘れ形見」という。

岸近き松にかかれる藤波は春の名残に立ち止まらなむ　　中務

松にかかる藤も、よく和歌にする。常磐の老松に、紫の花房がゆれるのは、まことにめでたいことである。

常磐なる松にかかれる藤波を千歳の花と言ふにやあるらん　　大江匡房

藤はまた藤原氏の象徴でもある。春日神社の藤なども、藤原氏の一流である冷泉家の栄えを祈るときなどに、詠み込むことがある。

夏

更衣《ころもがえ》

　現代の私たちにとって、夏は楽しい季節だ。海へ山へ、あるいは海外へ、故郷へと、楽しい夏の夢は広がっていく。しかしこれは、夏休みという休暇があってこそのことで、もし休みがなく、いつもと同じように働かねばならなかったら、あるいは勉強しなければならなかったら、夏はまことにつらい季節にちがいない。ましてや、冷房や冷蔵庫のなかった時代、とくに蒸し暑い京都の夏は、ことのほか過ごしにくかったと思われる。

　衛生状態が悪く、科学という概念がなかった時代の夏はまた、伝染病のはやる季節でもあった。

　何しろ冷蔵庫がないのだから、食物の腐敗は限りなかっただろうし、下水道のない都市に、殺虫剤もなく、ハエや蚊の発生を防ぐ手段は何もなかった。赤痢やチフス、あるいは日本脳炎のような伝染病は、人から人へとうつり、際限なく広がって、人を死へと追いやる。それが夏だ。

夏は旧暦四月五月六月の三か月。

しかし初夏は美しい季節である。和歌では「首夏《しゅか》」の題で詠む。春を彩り人々が愛《め》でた桜が散り、鶯が去る。代わって夏を告げる花は卯《う》の花《はな》であり、鳴くのは郭公《ほととぎす》。若葉が風にそよぐ。その緑の中を葵祭が行く。

わが宿の垣根や春を隔つらん夏来にけりとみゆる卯の花　　源　順

立夏。夏の初日に、衣替えをする。

年によればまだ寒い日も、またすでに暑さの中にある年もあったはずだが、とにかく立夏には夏の単《ひとえ》に衣替え、そのまま秋を過ごし、冬の始まりの立冬に再び袷《あわせ》に着替える。更衣は一年に二度あるが、和歌に詠む「更衣」は、いつも袷から単に移る、立夏のものに限られる。

着替える前の春の衣を「桜の衣」や「花の色」と称するのは、快い季節との別れを惜しむ気持が込められているからであろう。

一方、単の衣は、その軽さ薄さを夏を象徴する蝉の羽にたとえて「蝉の羽衣」あるいは、その白い色を「卯の花衣」というように詠む。

桜色に染めし衣をぬぎかへて山ほととぎす今日よりぞ待つ　　　和泉式部

「余花《よくわ》」は立夏が過ぎて咲く桜のことである。若葉の中に咲く花、ことに八重桜などを詠むことが多い。

初夏

新樹と書いて「しんしゅ」と読む題は、新緑のことを示すものである。枝さし交わす新緑の樹木に、初夏の風がさわやかである。

卯月（四月）に咲く白い花は「卯花」。かってはどこにでも見られる日常的な植物だったらしい。生け垣などに植えられ、初夏にその白い細かい花が咲き匂う。目立つ花ではないが、強く、手入れもなしに、毎年、可憐な白い花を咲かせる。その白さを雪、月光、白木綿《しらゆう》などに見立てる。現在、豆腐のカスのおからを卯の花と称するのも、本来はその白さを願う故だろうと思われる。また「う」が「憂」に通じることから、憂きことをも導く。

卯の花の咲ける辺りは時ならぬ雪降る里の垣根とぞ見る　　　大中臣能宣

卯の花に鳴くのは「郭公」と決まっている。昔の人は春には鶯、夏は郭公、秋に雁の声を聞くことをこよなく愛した。それぞれその声は季節の到来を告げるものとして、大切にされた。

鶯は今でも多く聞かれ、人々に愛されているが、郭公と雁は、ことに街中では聞くこともなく、忘れ去られてしまった。
郭公は、昼間も鳴くが、明け方にも鳴くことが多く、人々はその声を聞くために、徹夜もいとわなかった。また郭公はひと声鳴いて、すぐ飛び去る鳥でもある。

郭公鳴きつる方を眺むればただ有明の月ぞ残れる　　藤原実定

ほととぎすは郭公、時鳥、不如帰など、さまざまな字が当てられるが、題として見られるのは郭公だけだ。

「葵」は、植物の名前で二葉葵のこと。ハート形をした葉が二枚ずつ互生する。この葉をかざして行うのが賀茂祭、すなわち葵祭である。上賀茂神社の御神体で、ここに神が降臨すると伝える神山《こうやま》に生える葵を、祭の前に採りに行くことを和歌に詠むことが多い。
葵祭は、昔は祭といえば葵祭を示したほど重要な祭で、旧暦では四月の中《なか》の酉《とり》の日に行われていた。
葵がゆれる行列の牛車の簾や、祭に供奉《ぐぶ》する人々のかざす葵が初夏の風にそよぐ様などが、和歌に彩りを与える。

いかなればその神山の葵草年は経れども二葉なるらん　　小侍従

旧暦五月は梅雨。この雨を五月雨《さみだれ》という。五月雨の間の晴れた日が五月晴れ《さつきばれ》。

田植え

五月雨がしとしとと降り続く季節は、病気がはやり、身も心も腐るような、人々が嫌う季節である。それにもかかわらずというのか、それだからこそか、この雨はしばしば和歌に詠まれてきた。「梅の雨」「晴れやらぬ雲」「軒の糸水」「滴ひまなき」「玉水落つる」などなどである。糸水、玉水のように、うっとうしい五月雨を美しく詠むことも多いが、見ている人の心は「心も晴れぬ」状態である。

五月雨の雲は一つに閉ぢ果ててぬき乱れたる軒の玉水　　式子内親王

五月雨の相手として詠むものは、「郭公」「菖蒲《あやめ》」「橘」などが挙げられるが、瑞穂《みずほ》の国として忘れてはならないものが、田植えに関するものだ。もっとも、主体的に労働すること自体は詠まず、あくまで叙景であり、景色の一部としてのとらえ方である。

「早苗」は、田植えをするまでに育った稲の若苗のことであるが、この題では、田植えの景色が主題となる。「緑の早苗」をのせた「田子の稲舟」が五月雨にぬれる。

小山田に引くしめ縄のうちはへて朽ちやしぬらん五月雨の頃　　藤原良経

「五月五日」は節句である。五月雨が降りしきる頃、はやる病を家に入れないように、当時の和薬であった菖蒲や蓬《よもぎ》を、薬玉《くすだま》にして軒に吊したり、屋根に葺《ふ》いたりしたのが、この節句の起源である。陽数の奇数の重なる日の、健康を祈る行事が、やがて武を尊ぶ男の子の祭に変っていった。

「菖蒲」は、現在、花菖蒲《はなしょうぶ》と呼ぶものとは異なり、水辺に生えるサトイモ科の植物である。根が長く、その根に芳香があり、これを薬とした。「ながき根」「あやめの香」などと詠む。

うちしめりあやめぞ薫るほととぎす鳴くや五月の雨の夕暮　　藤原良経

五月雨のころ

梅と橘

現在、冷泉家の邸の南庭には、左近の梅と右近の橘が大きく育っている。もちろん紫宸殿《ししんでん》を模したものだが、御所では左近の桜の元は梅で、村上天皇の御代に桜に替わったと伝える。冷泉家は何でも古式がよいというわけで、左近の桜ならぬ左近の梅と、右近の橘だ。かつては「薫雪」という銘をもった紅梅と橘だったが、戦時中、庭を掘り返してかぼちゃを植えた際、切ってしまったという。

現在のものは、財団法人冷泉家時雨亭文庫設立のころ、常陸宮両殿下、秩父宮妃殿下、高松宮両殿下、三笠宮両殿下と容子女王殿下の八殿下が一度にお揃いで、冷泉家にお成りになったときの記念のお手植えの梅と橘である。

梅は濃染の八重の紅で、桜に先がけて、春を寿ぐように華やかに咲く。橘は常緑のあまり大きくならない木で、初夏に甘い香りを漂わせる白い小さな花をつける。やがて緑の実を結ぶと、しだいに黄色に変り、夏から秋、そして冬の間も、その黄金の実は緑の葉の中で輝き続ける。冷泉家では正月の鏡餅を飾るのに、この実を使うが、もしそのまま実を取らずにほうっておくと、実を残したまま、別の枝に白い花をつける。こうして白い芳香の花と黄金の実と緑の葉が一度に楽しめるのも、橘の特徴だ。

五月雨（梅雨）の降る中に橘の花が匂う。匂いは夜のほうが鮮明のようだ。夏の開け放たれた部屋の小簾《おす》越しに、橘の香が流れてくる。香はいつも、別れた人の袖の香《か》を思い出させる。聞こえてくるのは郭公の鳴き声だろうか。

五月待つ花橘の香をかげば昔の人の袖の香ぞする　　詠人知らず

樗

初夏、和歌に詠むもうひとつの植物は、樗である。現代のかな表記は「おうち」であるが、古語は「あふち」で、「逢ふ」とかけて詠むことが多い。

樗は十メートルから三十メートル程にもなる落葉の大木で、初夏に淡い紫の小さな花をいっぱいつける。公園などによく植えられているが、高いところに咲いているので、あまり目立たない。別名梅檀《せんだん》というが、芳香のあるセンダンの木とは別のものである。「あふち咲く」「雨にあふち」「紫のゆかり」などと使い、五月雨の晴れ間の夏空を、うす紫の雲のような花が覆うのを賞《め》でる。

あふち咲くそともの木陰露落ちて五月雨晴るる風渡るなり　藤原忠良

夏の夜は短い。夕べはいつまでも明るく、夜はすぐに明ける。電灯のない昔の人々は、日照時間にはとても敏感だった。「短き夜」はよく使うが、「短夜《みじかよ》」は冷泉家の禁句のひとつである。「短代《みじかよ》」と通じるからであろうか。

短い夏の夜だから、月が出ているのも短時間である。「夏の月」はいつも、涼しく見えると詠む。夕涼みをしていると、夏知らぬ月影が涼しく真砂路《まさごじ》を渡っていく。

重ねても涼しかりけり夏衣うすき袂《たもと》に宿る月影　藤原良経

なでしこ

「瞿麦《くばく》」と書いて「なでしこ」と詠む。なでしこは、春から秋にかけて咲く花で、またの名を石竹、あるいは常夏《とこなつ》という。冷泉家ではこれを夏の題に分類する。ただし秋の七草のひとつにもなでしこを挙げる。これは「河原なでしこ」として区別する。

なでしこは可憐な花で、「撫子」とも書き、愛しい女性をかけて詠んだり、別名「常夏」を床なつかしきとして、とも寝の恋人を暗示したりする。夏草に混じる撫子は、置きあまる朝露にうすく濃く匂い、夏の野を彩る。

常夏に思ひそめては人しれぬ心のほどは色に見えなん　詠人知らず

ちなみに冷泉家の女性の紋は「撫子」である。

「夏草《なつくさ》」は緑が深く、窓を閉じるように茂る。しげき夏草の野の通い路に咲くのは、さゆりだろうか。朝夕の涼しい露を置いて、百草千草が深い。

夏草は茂りにけれど郭公などわが宿にひと声もせぬ　醍醐天皇

鵜飼《うかい》

夏の夜の風物に鵜飼がある。鵜飼は五月雨のころの今にも降り出しそうな雲のたれ込める五月闇《さつきやみ》に、舟に篝火《かがりび》をたき、明りに集まる鮎を鵜に取らせる漁法だ。和歌の題としては「鵜河」で詠む。「鵜河たつ」が鵜飼をすること。波を焼くように燃える篝火のもと、鵜飼舟が夜川《よかわ》を行く。

大井川篝火《かがり》さし行く鵜飼舟いく瀬に夏の夜をあかすらん　藤原俊成

「照射《ともし》」は、山中での狩りである。鵜飼と同様、五月闇に篝火や松明《たいまつ》をともし、その明りで鹿をおびき寄せ、鹿の目に映った火が光るのを目印に、弓矢で射た狩猟のこと。現在ではまさに想像の中にのみ存在する狩りである。

和歌にするときは、前述の鵜飼と同様に、まさに獲物を取るということを詠むのではなく、五月闇に火中《ほぐし》の松明をともし、小牡鹿《さおしか》を求めて山の中を歩むますら男《お》の姿、あるいは山の中の情景を三十一文字にする。

ほととぎすまつにつけてや照射する人も山辺に夜を明かすらん　　源　順

蛍

五月闇の水辺に玉と乱れて飛び交うのは「蛍」。蛍は身をこがし燃えて光を放つと考えられ、恋に身をこがし心を燃やすこととかけて和歌に詠まれた。岩間がくれや、葦の葉に、風に乱れて飛び交う。あるいは光なき谷を照らし、谷水に光の影を映す。

また『源氏物語』に見えるように、小簾に蛍を放ち、その光を閨《ねや》から眺めることも夏の夜の楽しみである。そういえば子どものころ、酔顔の父が勤め帰りに買ってきた蛍を蚊帳の中に放して喜んだのは、もう何十年前のことになるだろうか。

暮るるより露と乱れて夏草のしげみにしげくとぶ蛍かな　　藤原為世

「夕顔」は、夏の夕方、白い朝顔のような花を開く。『源氏物語』の「夕顔」の印象が強く、賤が屋や賤が垣根にたそがれを急ぎ、露を置いて白くひもとく。

心あてにそれかとぞ見る白露の光添へたる夕顔の花　　『源氏物語』

盛夏に

蚊遣火《かやりび》

蒸し暑く過ごしにくい京の夏で、耐えがたいものに蚊がある。母の子どものころには、夕方になると蚊柱が立ち、「ブーンという音が耳について離れへんかったえ」とよく聞かされた。もっともっと昔の下水道も殺虫剤もないころの夏の夕べの蚊は、さぞ疎ましいものであったろう。

しかし「蚊遣火」という和歌の題では、その煙を夏の夕べの景物の一つに昇華してしまう。現在では蚊遣火というと蚊取り線香を思い出すが、昔は、柴や藻くずのようなものを、くすべて、その煙で蚊を追い払った。冷泉家では、庭で焚く蚊遣火の煙を和歌に詠むのが普通である。

夕顔の咲く賤が屋に立つ蚊遣りの煙で、五月雨の晴れ間の月影がくもる。また煙だけしか見えない蚊遣りの下燃えの火を、忍ぶ恋心にたとえることも多い。

蚊遣火の煙を夏の夜もすがらあふぎかへして明かす頃かな　　詠人知らず

蓮

夏の花の中で、その姿が美しく清らかなものに蓮がある。蓮は「はちす」と読み、寺の池などに今日よく見るはすを指す。中国では古来よりこの花が好まれ、ことに王侯貴族によって愛されてきた。モネで有名な睡蓮とは別で、同じく水中の泥から生育するが、睡蓮は水面に浮かぶように葉や花をつけるのに対して、蓮は水面高く茎を伸ばし、大きな葉や大輪の花を咲かせる。明け方に蕾《つぼみ》が一気に開き、その時「ポン」という音を発するという。この音を聞くために、人は夜明け前から集い、今か今かとその時を待つ。夕べには花を閉じてしまう。

はちすというのは、蜂の巣の意味で、種の入っている姿がそれに似ているからだといわれ、和歌では蓮葉、蓮花と書いて、それぞれ「はちすば」「はちすばな」と読むのが一般的だ。あるいは「花はちす」ということもある。蓮花を「れんげ」と読む時は、これを象って作った仏や菩薩像を載せる台座を示す。これは蓮の葉や花が泥中から出ても汚れに染まないことから比喩《ひゆ》されたことで、蓮といえば極楽浄土そのものを示すことにもなる。

蓮花の台座を、和歌では「蓮《はちす》の台《うてな》」という。蓮の花については、池水の濁りに染まぬ妙なる色を尊ぶ。また葉は、その上に置く露の白玉を詠むことが多い。

夏の日もかたぶく池の蓮葉に夕波こゆる風ぞ涼しき　隆源

氷室

暑い夏の日々に、せめてもの涼を運ぶものに氷があるが、和歌で氷というと、池や川に結ぶ冬の氷を指し、夏の涼を求める氷のことではない。代わって夏の題として登場するのは氷室《ひむろ》である。氷室は冬に張った氷や積った雪を夏に使用するために貯蔵しておく施設で、山の中の日陰に穴を掘り、下に茅《かや》等を敷きつめその上に氷や雪を蓄えたもの。古代には天皇には四月一日から九月末日まで、中宮東宮には五月から八月、臣下には五月五日から八月末日まで、毎日供するため、氷室から氷が運ばれたと伝える。近世には、各地に氷室が設けられたが、今日冷泉家の和歌会では、京の北山の氷室を詠むことが多い。山の氷室は「夏をよそにして」、「暑さも知らず」、「袖もる水は涼しい」、とか、氷室守のいる山は「下風も冴ゆる」というように詠む。

あたりさへ涼しかりけり氷室山まかせし水の凍るのみかは　藤原公能

百合

疎ましいほどに緑濃く繁った夏草の中に、一本の美しい花を見せるのは百合の花だ。ゆりは、「さゆり」、「さゆり葉」、「さゆり花」と詠み、その可憐な姿を喜ぶ。とくに姫ゆりという時は、美しい女性を暗示することが多い。

夕立

夕立も夏の題である。猛暑の夕方に突然あたりが暗くなり、激しく降る雨で、間もなく止《や》むとウソのように晴れ渡り、一陣の涼しい風が吹き抜ける。その涼感を詠むことが多い。雲が峰を移り、遠方《おちかた》に雨雲が重なると、にわかにあたりが暗くなり夕立の雨が降り出す。稲妻が光り、鳴神《なるかみ》がとどろき渡る。題としての稲妻の季節は秋だが、夕立とともに夏の実景として稲妻や鳴神を詠むのは差しつかえない。

林の鳥が騒ぎ、山川の水かさがまさり、谷川の流れは濁る。と、降るも晴るるも早きで、再び日影が射し出すと涼しい風が袂を吹き抜けてゆく。雨の降り出す時、いままで響きわたっていた蟬の声がぴたりと止んだのが、また再び鳴き始めた。草には露の白玉が光っている。

露すがる庭の玉笹うちなびきひとむら過ぎぬ夕立の雲　　藤原公経

蟬

蟬の鳴き声を鑑賞する日本の文化は、世界的にははなはだ珍しいらしい。私などは蟬というと、幼い頃の楽しかった夏休みの思い出に直結する。冷泉流の和歌で詠まれる蟬も、多くはその声で、夏らしい情景を形づくる。

蟬のもろ声が夏山にひびき渡る。それは村雨のようにも、梢をゆするようにも思える。夕日影ととも に、友無き蟬の声がいずこからともなく聞こえることもある。森のこがくれに、時雨のような蟬の声が 風に乱れてひびく。

昆虫に関して、和歌にその姿を詠むことはまず無いが、「蟬の羽衣」という語はある。これは、蟬の 羽が薄いということから、そのように薄い夏の衣を示すことばとして使われる。

また「空蟬《うつせみ》」の語は蟬の抜け殻であるが、脱け殻そのものを詠むことはなく、蟬の脱け殻のようには かない現世《うつしよ》、あるいは世間の人のたとえに使う。


夕立の過ぎゆく峰の梢より名残り涼しき蟬のもろ声　　源　有維

扇

扇は日本人の発明したものだというが、実に不思議なものだ。もちろん暑い時にあおいで風を起こす ものだが、正式な時、たとえば結婚式で黒留袖の着物を着る時は必ず帯に挟むし、冷泉家の和歌会にも 席の前に置く。これは茶室に入る時も同じだ。茶会などではたとえば扇を、相手に手紙や金子を贈呈す る時の硯蓋《すずりぶた》（台）の代わりに使う。

後者の儀式用の扇は、檜扇《ひおうぎ》の変化したものだろう。これは笏《しゃく》あるいは木簡《もっかん》から誕生したもので、儀式次第などを書いてその場で見たのがその源と考えられる。

風を起こすためのものは、夏扇で、蝙蝠《かわほり》扇と呼ばれた。紙貼り扇が元のことばかといわれる。夏の題として和歌に詠まれるのはこの扇だ。「ならす扇」、あるいは「手にならす扇」というのが、扇であおぐことである。「涼しき風を誘ふ」、「たのむ扇の風」、のように使う。すると、夏知らぬ涼しさを覚え、扇のつま（端）に秋風が通う。

夏果つる扇と秋の白露といづれかまづは置かむとすらん　壬生忠岑

秋の気配

泉

現在では、登山するのにもペットボトルのミネラルウォーターを携帯するのが普通になった。水ほど重い物はない。ただでさえ重いリュックが、肩にくい込む。

私も中学生のころには、よく京都の北山へハイキングに出かけた。暑い中を汗をかきながら登ったところに、崖から流れ出る清水を見つけたら、我先に駆け寄って手に受け、ゴクンゴクンと喉を鳴らした。その水のおいしかったこと。まさに清水だった。

その水を飲んだからお腹が痛くなったという話は聞いたことがない。山の湧き水をそのまま飲めるというのが、この国の美点だったのに。

冷泉流の和歌では、「泉」の題で湧き出す真清水を詠む。夏の題だ。和歌の中では「石井《いはい》」のように井と詠むときも、意味はほとんど違いがない。いずれも、直接喉をうるおすようには使わず、「手に結ぶ清水」や「岩もる清水」が暑さの中に涼を運ぶというように詠む。「岩井の水」も同じく暑い夏をも知らぬ清涼なものだ。

むすぶ手に影乱れゆく山の井のあかでも月のかたぶきにける　　慈円

泉はまた、冷泉家を比喩するものとして使うことがある。もちろんその字を名前にも使うからだ。例えば、永久に清水を湧き出し続ける泉のように永久に続く家、のような使い方をする。

納涼

「納涼」と書いて「どうりょう」と発音する題は、夏に涼むことを意味する。普通は夕涼みをいうが、和歌では朝涼みも、また時に関係なく暑さを避けて涼むことすべてを示す。

松陰、楢の木陰、橋の上、川岸、泉のほとりなどで、涼をとってしばし夏の暑さを忘れよう。その涼風を「秋風」と称する。この場合の秋は、暮らしにくい夏をやっと過ごして、待ちこがれた美しい季節という意味がこめられている。「月にや通ふ秋風」「松風も秋の声する」などだ。

風さやぐ竹のこぐれの夕涼み露さへ我を秋とあざむく　　俊恵

蜩《ひぐらし》

「蜩」は夏の終りから秋にかけて、夕方にカナカナと鳴く蟬。普通の蟬は夏の盛りのものだが、この蟬が鳴くと、もう秋がすぐそこに来ているものとして和歌にする。またその昔から「日暮らし」、すなわち一日中ということや、「日昏《ぐら》し」、暗い毎日ということにもかける。

ひぐらしの鳴く山里の夕暮は風より他に訪《と》ふ人もなし　　詠人知らず

夏越《なこし》の祓《はらい》

六月晦日で半年が終る。現在では会計年度や学校が四月から始まるので、六月が年の半ばという考えが遠いものになったが、ここで一年の半ばを越え、陰暦では同時に過ごしにくい夏を越えて、七・八・九月の秋に入る。

昔から日本人は、悪いことが起こると、身が汚《けが》れたと感じた。自分が自覚しないものも含めて、身についた罪や汚れを、新しい季節を迎えるために祓《はら》う。そして身を清めて新しい心で次の節に向うというのが、日本の思想だ。

日本列島は中央に連なる山脈を背にして、日本海と太平洋の二つの大海に川が流れている。中央の山脈を源に、かなり急な坂を、短い距離流れる多くの川は、流れが速く、水が清く、流量が少ないのが特徴である。その流れに身を浸し、洗って心身を清める禊《みそぎ》が、本来の罪や汚れの祓い方だった。やがてそれは、足だけ流れにつけたり、手だけ洗うような簡略化した禊となり、または人形《ひとがた》を葉や藁のようなもので作り、それで身体を撫で、最後にハッーと息を吹きかけて自分の汚れをこれに乗せ、それを川に流す禊へと変っていった。現在、京都の多くの神社で行われている禊は、簡略化したこの形である。

夏を越える祓は、夏には流行する病が多く、また同時に一年の半分を越す時であったため、特に重要視された。夏越の祓、あるいは水無月の祓という。季節を越える祭は、いつも夕方から夜中にかけて行われる。夏と秋との中つ瀬の祭で、身の科《とが》を祓うこの夕べに、流す大幣《ぬさ》、流れる瀬々の白木綿《しらゆう》や川波が美しく、水底までも澄み、清い。千代を祈り、禊する袂に、涼しい風が吹きゆく。

風そよぐならの小川の夕暮は禊ぞ夏のしるしなりける　　藤原家隆

竜田姫

翌日からは秋。

現代の人々は、秋という語のイメージに、まず悲しい季節を思う。枯葉が散るように私の恋も去っていくと。しかしこれは、ヨーロッパ、特にフランスやイギリスの秋の話であって、日本では、ことに京では、秋はうれしい季節として愛されてきた。夏が耐えがたいだけに、秋は待ち望んだ美しい季節であった。

「立秋」は待ちこがれた秋の来たことを和歌にする。秋の初風は、昨日と変ってどことなく涼しさを感じさせる秋らしい風のこと。「初秋」も立秋の後の秋の浅い様子を詠む。

秋のものとされる霧が初めて立つ。初霧という。澄む夕空には三日月が美しい。初めて桐の葉が散ることも詠む。「落葉」は冬の題であるが、桐は「散る一葉」のように詠んで、その大きな葉が一枚でも散ることに、人々は季節の移り変りを覚えた。

草の初花が咲き、高嶺の松も音を立てはじめる。

風は四季いつも詠む対象となるが、秋の風は一入心に響く。風の音に驚き、外山《とやま》は、秋の色を見せはじめる。あんなに暑い日々に手になれた扇をついに忘れてしまうこともある。

秋はまた、浅茅が原の夕べに何かものを思わせる。呉竹の夜ながき初めであろうか。

秋の女神は竜田姫。竜田山は平城京の西の地名であった。五行説で秋を示すのが西であることから、秋をつかさどる神を「竜田姫」、「立田姫」ということになった。春をつかさどる佐保姫と同様に、美しい女神を想像する。竜田姫がもみじを染めるという。

秋来ぬと目にはさやかに見えねども風の音にぞ驚かれぬる　　藤原敏行

秋が来たといっても、まだまだ暑い日が続く。これは「残暑」の題に詠む。文字通り、残る暑さである。なお耐えかねて暑き日に、岩間の清水をまた結び、扇もさらに置きあえぬ。秋来てもなお耐えがたき暑き日であるが、しかし日は少しずつ短くなっている。

秋来ても猶たえがたく暑き日のさすがに暮るる影のほどなさ

後水尾院

たなばた

七夕《しっせき》

旧暦七月八月九月は秋、その初秋の七月七日にたなばたがやってくる。陰陽道が日常を支配していた時、陽数である奇数が重なる日はめでたいものとされた。一月一日、三月三日、五月五日、九月九日しかりである。

七月七日はもちろん星祭。今の暦の七月七日はまだ梅雨の最中で、星空はとうてい望めないが、旧暦の七月七日のころには、確かに夜空に天川（冷泉家では「天川」と書いて、あまのかわと読み、「天の川」とは記さない）が見えるようになる。

天川を挟んでふだんは別れ別れになっている彦星と織姫が、一年に一度の逢瀬《おうせ》を楽しむ日とされる。

この夜詠む和歌では、題として出される「七夕」という語を「しっせき」と発音する。ただしこれは題だけのことで、和歌の中では、「七夕」という語は使用しない。「七日の夕べ」とか「初秋の七日」などとする。また、「たなばた」と読む歌の中の語は「二星」で、これを「ふたつぼし」とは決して言わない。

冷泉家には七月七日に二つの大きな行事を伝える。

一つはより古い伝統があると思われる家族だけの行事で、大きな笹飾りを庭上に立て、芋の葉に置く露で磨《す》った墨で、梶《かじ》の葉に次の古歌を散らし書きにする。この時の硯は、梶の葉を描いた硯箱に入っているものを使うと決まっている。

天川とほき渡りにあらねども君が舟出は年にこそ待て

詠人知らず

その梶の葉を笹に、色紙《いろがみ》や、紙で作った蜘蛛の巣などと共に吊す。笹の前に祭壇を設け、七つの火口《ほくち》を持つ火皿に、二本ずつ灯芯を組んで載せて灯明《とうみょう》とし、そこに七草を活けた瓶と、七夕にちなんで詠んだ七首の和歌を、家族一人ずつが懐紙に書いて夕方に供える。

乞巧奠《きっこうてん》

もう一つの行事は乞巧奠だ。こちらは和歌の門人が中心になって行う。和歌をはじめ蹴鞠《けまり》や雅楽などの技芸が巧みになるよう二星に祈る行事と言われる。

本来、乞巧奠は陽が高いうちに「あげ鞠」と呼ぶ蹴鞠から始めるとされた。梶の枝に鞠を結び、これを神に供えた後、その鞠を使って蹴り合う。

座敷の南庭に「星の座」と称する星への祭壇を設ける。大きな四台の台盤を組み立て、その上に二星に手向ける九枚の大きな土器《かわらけ》を二組用意し、それぞれに海の幸、山の幸を盛る。その内容は次の和歌が伝える。

瓜なすび桃梨空《から》のさかづきにささげらんかづ蒸鮑鯛　　詠人知らず

らんかずは蘭花豆と書いて、空豆を煎ったもの。まんなかに空の土器を置いて、これを空の杯と称するのはおもしろい。何も中に容《い》れず空にしておくのは何故なのだろう。露を集めて酒の代りにするのだろうか。

土器の前には雅楽の楽器を並べる。通常は琴と琵琶を用いる。これは、逢瀬を楽しむ二星に貸してあげるためという。

台盤の後ろには二本の笹を立て、その間に緒《お》を張り、これに五色の糸と梶の葉数枚を吊す。緒に重量をかけないように、それぞれ紙で作った模造品が用意されている。

台盤の前に小机を三台並べる。一台には七草を活けた花瓶、一台には五色の布と五色の糸、これは模造ではなく本物の糸と布である。もう一台には、この夜の参会者が和歌を認《したた》めた短冊と、水を張りここに梶の葉を一枚浮かべた角盥《つのだらい》を置く。

角盥というのは、いにしえの洗面器で、持ち運びが可能なように四本の角のような柄がついた塗物の器《うつわ》である。この水に星を映して見ると伝える。

星の座の横には衣桁《いこう》を出し、ここにも五色の布、五色の糸、さらに梶の葉を吊す。

夕暮になると、星の座が見える座敷より、雅楽が手向けられる。曲目に決まりはないが、近年では「二星」（雅楽では「じせい」と読む）などが選ばれている。

琴や琵琶の音が庭上を流れるうちに、夜のとばりが下りてくる。そこで星の座の周囲に立てた九本の灯台に明りを入れる。これは火皿に灯《とも》し油を入れ、灯芯に火を点《とも》すものだ。

どうにか涼しくなった夕べの、初秋の風に、灯芯の明りが揺れる様は美しい。

九本の明りに包まれた星の座に向って、座敷より披講を手向ける。「星合ひの夕べに」で始まる、この夜のために以前出された兼題について詠まれた和歌の読み上げだ。

最後に流れの座と称するその場で即興で詠む当座の和歌会を開く。これは彦星に擬す男性と、織姫になった女性が、天川に見立てた白布を隔てて座り、天川を越して扇に載せた恋の和歌の詠草を贈答し合い、夜中を楽しむものである。

以上の儀式に詠む和歌は、すべて七夕が頭につく題による。例えば七夕星、七夕琴、などである。

彦星が天川を渡るのは、「八十瀬《やそせ》をかち渡る」、あるいは、この夜のためだけにかかる橋を渡るとか、または舟で渡るという。

橋の代表的なものは、鵲《かささぎ》が並んで架ける橋だ。鵲はこの夕だけの鳥で、他にこの鳥が和歌に詠まれるのを知らない。秋を代表するものとして、一入に色付いた紅葉が並んで橋を渡すともいう。

星合ひの夕べ涼しき天川もみぢの橋を渡る秋風　　西園寺公経

渡し舟になるのは月、陰暦七日には七日の半月が出ていて、これが「月の御舟《みふね》」となる。また「もみぢの御舟」にも乗る。この場合は一枚の少し色付いた木の葉の舟に思いをはせる。舟は妻まつ岸へと舵《かじ》を取って急ぐ。このかじと梶は関係があるかもしれない。

雲間より星合ひの空を見渡せばしづ心なきあまの川波　　大中臣輔親

舟の出る、あるいは妻が待つ天川岸には、秋の七草が咲き乱れ、玉の白露が置き、鈴虫や松虫が、今宵の逢瀬を美しく彩っている。

まれの契りには秋霧のとばりが二星を包む。天の玉床は雲の衣がおおっているだろう。

朝の訪れとともに、また二星には一年の別れがやってくる。織姫の領布《ひれ》ふる袖に、涙を流して彦星は舟に乗り、あるいは、橋を渡って帰っていく。星の涙が落ちて、地上の七草に光る白露になるのかもしれない。

いとどしく思ひ消ぬべしたなばたの別れの袖に置ける白露　大中臣能宣

「星合ひ」そのものを詠む和歌の他に、それを地上から人間が見たり、祝ったり、星に手向けたりすることを詠むことも多い。

袖ひちてわが手にむすぶ水の面に天つ星合の空を見るかな　藤原長能

七夕は初秋の最も大切な恋の物語の夕である。

初秋

秋の七草

現代の日本人は、初秋の美しさを見失ったように思えてならない。冷房の効いた密閉された部屋で、夏から秋へと季節が移っているのも知らぬまま日々を過ごすのは、もったいないことである。

初秋の野は美しい。秋の七草である尾花（花薄）・萩・女郎花・藤袴・葛・朝顔・河原撫子が咲き乱れ、置く白露に虫がすだく。

萩は、七草の中でも最もよく和歌に詠まれる。紫や白の萩が玉の露を乗せて秋野に咲き匂う美は、日本人だけが発見したものらしい。澄み渡る秋の月が昇り、露にその影を宿すというのは、まさに想像の中の、至上の美である。

萩は鹿の花妻《はなづま》とされる。花妻を求めて小牡鹿が秋草を胸分けにしつつさまよう姿は、一方ではさびしさを思い起こさせる。「萩の花ずり」という時は、萩の咲く中に入って、花で衣服がそまることを示す。

小牡鹿の朝立つ野辺の秋萩に玉と見るまで置ける白露　　大伴家持

おみなえしを女郎花と書くゆえんは、なににあるのだろうか。女郎花は、丈がかなり高くなる草花で、秋に黄色の花をつける。その黄色が秋の野に目立つ。手折って部屋に活けると、やがて悪臭を漂わせるのが欠点である。

女郎花という字を当てたことからか、この花を女性、それもあだなる恋に身をやつす女性にたとえて和歌にすることが多い。「凪にたはるる」、「あだなる色」、「物思う袖」、「うちたれ髪」、「誰《た》れたはむれて」などなど、凪になびく様子やその色香を女性にたとえるのだ。

女郎花野辺の故郷思ひ出でて宿りし虫の声や恋しき　　藤原元真

ふじばかまは、題として表記する時は「蘭」を当て、歌の中では「藤袴」と書く。この草も丈が高く、清楚な淡紫の小さな花をつけ、芳香がある。はかまに袴の字を当てるところから、特に男性の袴に擬することが多い。「誰が脱ぎかけし」、「誰が移り香」など。

露の置いた藤袴は、織物を連想して、「露のぬき」という。「ぬき」は横糸。露を横糸、藤袴を縦糸とするの意である。「ほころび渡る」という時は、つぼみがふくらむという意と、縫い目がとけるをかけて詠む。

藤袴主はたれともしら露のこぼれてにほふ野辺の秋風　　公猷

朝顔は、現代では夏の代表的な花である。幼稚園や、小学校の低学年の夏休みには、園や学校で種をまいて育てた鉢植えの朝顔を持ち帰り、毎朝いくつ花が咲いたかを調べる宿題が必ずあった。たぶん、品種改良によって、花の大型化、あるいは多色化が進むなかで、少しでも季節を先取りして花を咲かせる品種が残されていったのだと思う。今では、朝顔のすべてが園芸種で、野生のものを見たことがない。

冷泉流の和歌では、朝顔は秋の花。あさがおの題は、「槿」の字を使う。歌中ではいつも「朝顔」と書く。これは女性の寝起きの顔をかけて詠むこともあるが、「はかなき花」のように、朝のみ開き、夕べにはしおれる様子を和歌にする。朝露を置く花は、垣根の葉隠れにひもとく。

夕暮れのさびしきものは朝顔の花を頼める宿にぞありける　　詠人知らず

薄は、ほかの七草が野生では目につきにくくなっているなかで、誰もが目にする秋の代表的草花である。穂が出た薄が河原などを一面に埋め、夕陽を受けて輝いている風情を車窓の楽しみにしている人は多いと思う。

尾花あるいは花薄は、薄の穂のことであるが、たんに薄という語も同様に、秋の草として和歌にする。薄はいつも原に群生するもので、その穂がいっせいに風になびく様子を波にたとえることが多い。「穂波」、「尾花が波」、「風の行く手」などである。穂の色は、白、ますほ（赤）または紫という。「白妙の尾花」、「白木綿尾花」などである。

花すすき穂向けの糸を吹く風に玉の緒とけて露ぞ乱るる　　藤原経平

荻《おぎ》は湿地帯に群生する、薄あるいは葦によく似た植物である。前述したように薄は穂が風になびく様子を和歌にするのが代表的な詠み方であるのに対して、荻は秋風が葉の上を吹き抜けていく時の音を詠むことが多い。葦は節の間が短いことを強調して、短いことのたとえとしたり、冬の景物として枯れた葦の葉が水面に折れ伏す姿を和歌にする。

丈の高い大きな荻の葉に秋風が通うと、音が増幅されるのだろうか。荻の葉風に人々は秋の到来を知った。「荻の葉風」、「秋風の声」、「荻の上越す風」などである。

いつも聞く風をば聞けど荻の葉のそよぐ音にぞ秋は来にける　　紀　貫之

刈萱《かるかや》

刈萱も同じく秋の題。昔は屋根を葺くために刈り取る萱を示したらしい。現在では刈萱という名の植物を詠むが、もちろん「刈り取る」の意を兼ねて表すことが多い。植物の刈萱は、秋に小さな穂をつけ、葉が薄に似た草である。

冷泉家では定家卿の祥月命日（旧暦八月二十日）に、御影《みえい》と呼ぶ肖像画を掲げ、その前に供物を置いて、その場で和歌会を開く「黄門影供《えいく》」という行事を伝えているが、この時に供える花は、嵯峨野の刈萱と決まっている。

刈萱の詠み方は「風に乱るる」、「しどろに伏す」、「末葉乱るる」など、秋風に乱れる様子を表すことが多い。

秋来れば思ひ乱るる刈萱の下葉や人の心なるらむ　　源　師頼

露

露は季節を問わず見られるものである。ことに夏の早朝の野に置く露などは、よく和歌にされるが、露という題は秋のものだ。白露、玉露など「置く」という動詞をともなって、美しい秋の野を彩る不可欠の要素である。「白露に宿る月影」というような表現は、現実にはありえないが、月影を受けて光る玉の露を美しく表している。白露にすだく秋の虫も重要な彩りだ。
また露は涙にたとえられる。「袖の露」は別れた恋人を思い、流す涙であるし、野の露を雁の落とした涙ともいう。「露の命」という時は、はかないことを示す。

秋萩の咲き散る野べの夕露に濡れつつ来ませ夜は更けぬとも　　柿本人麿

虫の声

秋の野

公募の歌会で「虫」という題を出したら、およそ考えられる限りの虫の短歌が集まってきて驚いたことがある。蝶々、トンボはもとより、ゴキブリからゲジゲジまで。

本来、和歌でいう虫は、秋の虫、それも秋の野に鳴く虫と決まっている。代表的なものは、鈴虫、松虫、はた織、きりぎりす、くつわ虫。

虫の音を美しい音として鑑賞するのは、日本文化の特色らしい。昆虫は体が三部分に分かれ、足が六本あり、触角を持ち、というような形態には、そもそも日本人は何の興味も示さなかった。ただその声だけを聞いていたのだ。本当はそれも羽をすり合わせて音を立てるのだけれど。いや、声さえも必要でなかったかもしれない。初秋の野に澄む月影が昇り、置く白露が光ると、鈴をかなでるような鈴虫という名の虫の音がひびき渡るとされている。それで充分だった。

そんな秋の野に、露払いを先に立てて女君のもとへ通うのは、源氏の君だろうか。

初秋の「花野の虫」は、「置く露」に「声の綾」を渡らせる。鈴虫は鈴を振る声で鳴く、まつ虫は「たれまつ虫」のように、その声が恋人を待つように聞こえたり、また恋人を待つ人の心に響くというように詠む。はた織は、織機の音に擬すし、きりぎりすは「つづりさせてふ」、すなわち衣服をつくろいなさいと鳴いているという。くつわ虫は「誰《た》が乗る駒のくつわ虫」のように表現する。

いずれも初秋の虫の音は、美しい秋の野を詠むためのもの、あるいは美しい秋の野に心を託すためのものであるが、やがて更けゆく秋とともに、その声がしだいに弱まると、秋の悲しさがいっそうかき立てられ、虫の余生を人の余生とあわせて、その哀れを思うための誘引とすることが多い。

「名にも似ず霜に枯れ行く松虫」は、常磐の松という名を持つのにかれて行く虫の音に無常を思う。


いろ〳〵の花のひもとく夕暮に千代まつ虫の声ぞ聞こゆる　　清原元輔

鹿の声

秋の代表的景物に鹿がある。小牡鹿は、妻を求めて秋の野山に鳴くとされる。その声はひときわさびしく、更けゆく秋のさびしさとあいまって、自らも妻あるいは夫を求めて、さすらう人生のさびしさとを重ねて、和歌にすることが多い。

「妻恋ひて鳴く」、「月に鳴く」、「霧の奥に鳴く」などである。また、萩は鹿の花妻とされ、「花妻を恋ひて鳴く」ともいう。萩に置く露を胸分けにして、秋の野山をさすらう鹿の声は、あわれを誘うものである。

下紅葉かつ散る山の夕時雨濡れてやひとり鹿の鳴くらん　藤原家隆

秋の夕べ

三夕《さんせき》の和歌として名高い、定家、寂蓮、西行の、

見わたせば花も紅葉もなかりけり浦の苫屋の秋の夕暮　藤原定家
さびしさはその色としもなかりけり槙立つ山の秋の夕暮　寂蓮
心なき身にもあはれは知られけり鴫立つ沢の秋の夕暮　西行

は、いずれも秋の夕暮の寂しさを詠んだものである。「秋夕」の題では、いつもこの三夕のような、寂しい、悲しい夕暮の風景を詠むこととなっている。この題では、美しさを強調した秋の夕暮の景色は詠まない。「たそがれに物思ひ」「袖ぬらす」、「秋のうれひ」に「もろき涙」を流す。

稲妻

「稲妻」もまた秋の題である。語源は稲の夫あるいは妻といわれ、天の神が光とともに地上に降り、稲と交わって、稲穂を実らすと考えられた。今でも雷の多い年は豊作といわれる所以である。「通ふ稲妻」が「稲葉を照らす」。また稲妻の瞬間の光を、美しくはかないものとして詠むことも多い。「露にだに宿りもはてぬ」、「ほのかにめぐる」など。いずれにしても現在私たちが稲妻という語から感じる恐怖心を詠むことはない。雷鳴あるいは夕立を、現在は稲妻とともに和歌にするが、伝統的には、稲妻の光のみを取り上げて、和歌に詠んだ。

なお、「夕立」は夏の題で、前述したように夕立後の涼しさを詠むのが伝統的であったが、現在では夕立に稲妻や雷鳴を詠み込むこともある。

ながむれば風吹く野辺の露にだに宿りもはてぬ稲妻のかげ　藤原家隆

雁

秋を象徴する鳥は雁。「かり」あるいは「がん」と呼ぶ。いずれもその鳴き声からついた名で「カリカリ」「ガンガン」と聞こえたからである。雁は秋になると日本へ渡ってきて、海や湖池などで昼間は休み、夜間に農地でエサを採る。かつてはどこにでも見られた鳥だけれど、今では天然記念物に指定されるくらい、数が少ない。昔は人間の食料にもなったようで、「がんもどき」などにその名残が見られる。

雁はいつも群をなして行動する。特に飛ぶときはリーダーを先頭にV字型やΛ字型に編隊して、一羽ずつが見事な等間隔を保ちつつ、大声で鳴きながら飛行する。昔の人びとは、この声に秋を覚え、また、この渡りに雁が春夏を過ごした地を思いやった。雁が音《かりね》という語は、本来は字のごとく雁の鳴き声を示すが、同時に雁そのものも示す。和歌に詠むときは、いつも編隊をつくる群を意識して、「ひと列《つら》」と数える。

前漢の蘇武《そぶ》が匈奴《きょうど》にとらわれたとき、雁の足に手紙をつけて都へ届けたという故事から、雁は恋しい人の玉章《たまずさ》（手紙）を持ってくるともいう。「翼にかけし玉づさ」、「雁の玉づさ」である。

澄み渡る月影に数見せて、「雲路に迷ひ」、「また雲路を急ぎ」ひと列の雁が渡ってくる。「秋霧に翼しほるる」ことも、その姿が「霧にたえだえ見える」こともある。「物思ふ夕べの空に」雁が音が渡ると、「野辺の草葉の色変はる」季節である。

白雲に羽うちかはし飛ぶ雁の数さへ見ゆる秋の夜の月

詠人知らず

月を恋う

中秋の月

霧は秋を色どる重要な景物である。同じような気象現象だが、春は霞、秋は霧という。両方とも動詞には「立つ」を用いる。

現在の気象庁の用語は、季節に関係なく、すべて霧に統一されているようだ。濃霧注意報はあるが、濃霞注意報は聞いたことが無い。

霧は海にも山にも、朝《あした》にも夕べにも立つ。霧の奥より雁の声が聞こえ、波の寄せる音が響く。また霧は行方をふたぎ、舟や雁の道を迷わす。それは恋する人の間にも立ちふさがり、仲をへだててしまう。

霧が晴れて昇る月は、秋の空に美しい。

村雨の露もまだひぬ槙の葉に霧立ち昇る秋の夕暮　　寂蓮

現代人は、月を見ることが少なくなってしまった。昨晩どんな月が出ていたのか、知っている人は、特に都会では、ほとんどいない。誰も月に関心を抱いていない。

電灯が発明される以前、夜は闇が支配していた。もちろん、ろうそく、油火《あぶらび》はあったけれど、それは弱い光で、闇を消す程の力はなかった。電気の灯が出現してから、人は夜を恐れなくなった。暗闇の中に照り輝く月は、美しく神秘的である。満ちたり欠けたり、昇る時間や軌道の変化を、地球や地動説を、あるいは衛星を知らない人々が、どのような答えをもって、その不思議に接していたのだろうか。

春の月は朧《おぼろ》、夏の月は涼しく見え、秋は澄み渡り、冬は冴ゆる月と和歌では詠むが、単に「月」という時はいつも秋の月を示している。

月々に月見る月は多けれど月見る月はこの月の月　　詠人知らず

と古歌に詠まれたように、秋の中でも中（仲）秋の月が最も美しいとされる。旧暦の七月八月九月が秋。その七月が初秋、八月が中秋、九月が晩秋であるから、中秋は旧暦八月であり、満月は十五日ということになる。

確かにまん丸の黄色に輝く月が、夜空を渡るのは美しい。今では円ということにも何の興味も払わないが、かつては自然界に円を見出すことは、とても難しかったはずである。

三日月は夕方西の空に見える。鎌の月、あるいは弓張の月という。七日の月は半月である。七月七日の夕べ、彦星はこの月を舟にして、天の川を織姫の元へと渡っていく。

十五日の望月は、夕方陽が西の空に沈むと同時に東山から顔を出し、一晩中こうこうと輝いて明け方西の空に入る。その時東の空には太陽が昇って来る。

「月の都」ということばがある。唐の玄宗皇帝が月宮殿に遊んだという故事から、月の中にあると考えられた宮殿のことである。その美しい月に生えていると考えられたのが桂の木。そこに住む美男子を桂男《かつらお》と称した。月の宮人は月宮殿にいる人を示す。

十六日には十六夜《いざよい》の月が出る。いざようというのはぐずぐずするという意味だから、十五日に比べて五十一分遅く昇る月を指している。翌日さらに五十一分遅れて十七日の月は昇る。この月を、立って待っていたら月が出るという意味で立待月と呼ぶ。十八日はもっと遅くなるから座って待つというので、居待月。さらに十九日は臥待月と名付け、臥して待つとようやく昇って来る月を指す。

二十五日も過ぎると、だんだん月は細くなり、昇るのも遅くなって、明け方、ようやく東の空に見え出すと、続いて太陽が昇り、すぐにその姿が消えてしまう。空にあるままに夜が明けるという意で、これを有明月という。

冷泉家では中秋の名月に、薄ときぬかつぎをお供えして、ポンポンと手を打って拝む。きぬかつぎは、里芋の小さいのを皮のついたままゆでたもの。芋はこの頃が旬の食べ物だ。

いつよりか契りかはして桂男にしたしく見ゆるいものおも影　冷泉為理

陰暦九月は、十三夜をめでるものとされる。この夜に、ゆでた枝豆を供える。また栗を供えるともいう。豆名月あるいは、栗名月と称するゆえんである。

心の月

和歌で「月の雪」と詠むのは、月光の白さを雪にみたてていうことば。「月の輪」は月輪《げつりん》のことで、特に満月に用いる。「月のあるじ」は、月を深く愛し眺めている人を示し、この宿へ客として訪れるのを月光と考える。「心の月」は、心の清く明らかなことで、月はいつも清いという印象を伴う。

天の原ふりさけ見れば春日なる三笠の山に出でし月かも　阿倍仲麿

「待月」は、かつては秋の宵の楽しみだった。「待ちこがる」、「待つに久しき」、「暮るるうれしき」などは、月の出を楽しんで待つ心を表すのに用いる。「山のあなたを思いやる」というのは、いにしえ人が、山の向うに沈んでいる月の姿を想像した言葉で興味深い。

秋の夜の月待ちかねて思ひやる心いくたび山を越ゆらん　　大江嘉言

「山月」は、かつては庵や茶屋などの銘に好んで用いられた。普通は山の端《は》を出る月や、山を背景に照る月を詠む。この場合冷泉流では「山端」と書いて山の端と読み、「山」と「端」の間に「の」は書かない。また、たまには、山里に出る月や、山に入ろうとする月を詠むこともある。「山端を匂ひて出づる」、「ふもとをかけて照らす」、「入かた見せぬ影」などである。

山端に雲の横切る宵の間は出《い》でても月ぞなほ待たれける　　道因

「杜月《もりのつき》」は、人が杜影にいて、月が木の間をもりかねるという和歌が多い。「月暗き杜の下道」である。

大荒木の杜の木の間を漏りかねて人だのめなる秋の夜の月　　藤原俊成女

「野月《ののつき》」、これはくり返し絵画の材料となって、あらゆる工芸品にその姿を残している。

虫の集《すだ》く秋の野に、露を分けて月の影が射す。花野の露に月の影を宿す、というようなイメージは、日本人の最も好きなものの一つだ。

ゆく末は空もひとつの武蔵野に草の原より出づる月影　藤原良経

「関月《せきのつき》」は文字通り関所に昇る月、あるいは旅の途中、関所を越える時に見る月を示すが、関が旅行を止めるものであったことから、月が渡って行くのを、関守よ、しばしとどめてくれというように詠むことも多い。

播磨路や須磨の関屋の板庇月漏れとてやまばらなるらん　源　師俊

月さまざま

日本の月

日本人が古来より愛《め》でてきた美の一つ、月は、秋のものとして和歌に詠むのが普通で、春の月や夏の月など、秋以外の月を詠むときは、「冬月」や「花月」などのように、題にその季節を表すのが決まりごとである。

だから「田月」という題も、田は秋の状態すなわち稲穂が色づき、あるいは刈り穂の田に射す月を詠むのであって、現代の写真などによく見るような、水を入れた田に映る「田毎の月」のような月は、この題では詠まない。

秋の田に庵《いほ》さす賤《しづ》の苫《とま》をあらみ月とともにやもり明すらん　藤原顕輔

「橋月」ももちろん、秋の月である。橋を渡るという意味と月が空を渡るをかけて詠むことが多い。

はるかなる峯のかけ橋めぐり会ひてほどは雲ゐの月ぞさやけき　藤原定家

「川月」は、秋の川面に映る月影を詠むことが多い。月を宿して流れる水、また水が澄みわたっていて、月の光で底の石の数さえ見える。

山深み石《いは》切り通す谷川をひかりに堰ける秋の夜の月　藤原定家

「水辺月」は、川、沢、泉などすべての水辺から見る月。

白妙にみがける波の月影は名にもくもらぬ玉川の水　藤原宗条

「江月」も同じく水辺から見る月であるが、これは海や湖水の入り江から見る。難波江や住の江は代表的な名所とされてきた。

忘れじな難波の秋の夜半の空こと浦に澄む月は見るとも　宜秋門院丹後

「沢月」は沢辺から見る月、あるいは沢面に映る月影を詠む。「鴫《しぎ》立つ跡の沢水」や、野中などを絶え絶えに流れていて、人に忘れられた「忘れ水」に月影を宿すなどは代表的な詠み方である。

影やどす沢辺の水のすさまじく月に吹きそふ秋の夕風　藤原定淵

「沼月」。沼は周囲に草などが深く生い茂っていて、水がたまっている所や泥の深い池を示す。行方もなき沼水にやどる月影を和歌にする。

人目なき岩垣沼を尋ねても所をわかぬ月や澄むらん　詠人知らず

「池月」では、人工で造った庭園の池に月光が射し込む姿や池辺で月を見上げる様を詠む。宿の池水に、くもらぬ月を映し、底のさざれ石の数がよめる。

すみ来けるあとは光に残れども月こそふりね広沢の池　藤原定家

「海辺月」は「江月」とほとんど同じであるが、海辺から海上の月を眺めたり、海に影を宿す月影を見たりする。白妙の浜の月影は真砂に雪が積もっているのかと間違えるほどに白い。

浪風の月寄せかへる秋の夜をひとりあかしのうらみてぞ寝る　藤原定家

「湖月」は、前項の海が湖に替わったもの。伝統的に「にほてる」の語とともに琵琶湖を詠むことが圧倒的に多い。

月かげもにほてる浦の秋なれば塩焼く海士の煙だになし　藤原為家

駒迎《こまむかえ》

かつて八月中旬に、諸国から献上した馬を、天皇に御覧に入れる儀式があった。これを駒引きという。やがてこれは信濃国望月の牧の馬を八月十五日に御覧に入れることになっていった。その馬を、馬寮《めりょう》の使いが、逢坂の関まで迎えに出ることを駒迎という。和歌ではこの駒迎は八月十五日の中秋の名月に行うものとして詠むのが普通である。

引く駒の影が、月の明りに清水に映る。関の群杉を越えて、望月の駒の影が見える。などである。

逢坂の関の清水に影見えて今や引くらん望月の駒　　紀　貫之

「擣衣《とうい》」の擣は、打つとかつくの意。布をしなやかにし、あるいはつやを出すために、砧《きぬた》と呼ぶ台にのせて、上から槌《つち》でたたくこと。冬じたくのため、秋に作業することが多かったので、晩秋の景物として和歌に詠んだ。

冬を間近にして、砧を打つ音はわびしく里より響き渡る。賤が砧の打つ音は、夜寒に急ぐように、こなたかなたより流れ来る。

み吉野の山の秋風さよふけてふる里寒く衣打つなり　　藤原雅経

鴫《しぎ》

一般に水鳥は冬の題であるが、「鴫」だけは秋に分類される。

鴫は、くちばし、脚などが長く、翼も細長く、長距離の渡りをする。様々な種類があるが、多くがシベリアあたりより、日本を通過して、インドやオーストラリアまで渡り、そこで越冬して、また戻る。春秋に日本の水辺に現れ、水棲の小動物をとることが知られているが、和歌では春には詠まない。

水辺からとび立つ時、大きな羽音を立てるのに情趣を感じるのが伝統的な詠法である。

羽掻《はがき》、百羽掻《もも》は、鴫がとび立とうとして、羽を打ち振ること。羽音、羽掻く鴫、鴫の羽音に袖ぬらすなどは、いずれもとび立とうとする鴫の羽音を聞いて、男の来ない夜を悲しむ女の心を託す。「月に鳴く」鴫が、「羽音も寒き」秋の夜を、「沢辺の床」の「草根に伏す」。

暁の鴫の羽掻き百羽掻き君が来ぬ夜は我ぞ数かく

詠人知らず

花の弟

野分

台風は現在、災害をもたらす自然現象と認識され、遠く南シナ海に発生した時より気象庁は細報を続け、いよいよ日本列島に近づくと、何日の何時頃には、ここに上陸するというように、まるで足をもった生物のように、誰もがその進路を知り、今や遅しとその襲来に準備をし、無事通過するのを祈る。しかし科学的知識のなかった昔には、台風はある日突然吹く風であり、雨であり、過ぎ去った後には、秋の美しい空がひろがるというものであった。

京は自然災害の少ない所である。現在の台風も日本列島全体を視野に入れると、回数も多く被害も大きいが、京都だけに限ってみると、恐怖よりも、秋の風物詩ととらえる見方のほうが理解できるように思う。

和歌では台風を野分と書き「のわき」または「のわけ」と読む。季節は秋で、秋の野の草を分けて吹く風という意味である。台風の雨は村雨で、むらがって降る雨、すなわちにわかに激しく降って来る雨を示す。

「垣ほ荒るる」、「露くだく」などと詠む。

しかし「野分」の題では一般に、野分が吹いた後の、静けさや、情緒を詠むことが多いのは、『枕草子』の「野分のまたの日こそ、いみじうあはれにをかしけれ」の伝統だろうか。

夜すがらの野分の風のあと見ればすゑふす萩に花ぞまれなる　後伏見院

鶉《うずら》

多くの鳥は冬の題と認識されているが、鴫とともに鶉もまた秋の題である。

野鳥としての鶉を私は見たことがないが、現在でも本州ではごく普通に見られる鳥らしい。むしろ一般には、その卵が鶏の卵とともに馴染み深い。

和歌では、荒涼とした草原で、さびしく秋に鳴く鳥とされてきた。

「寒き野風」を受けて「草かくれ」に鳴き、その声に深みゆく秋の憂いを詠むことが多い。鶯や郭公と同様に、その姿を和歌にすることはまれである。

夕されば野辺の秋風身にしみて鶉鳴くなり深草の里　藤原俊成

葛《くず》

葛は秋の七草の一つに数えられる。ちょっと手入れの悪い空き地に、そのつる性の植物が芽を出すと、たちまちあたりを被いつくし、大きな葉が重なり合って、繁みをつくる。初秋に咲く、房状の紅紫の花は、よく見ると美しいが、人々はむしろその旺盛な繁殖力を示す緑に心を奪われてしまい、どうすれば、この植物を根こそぎ抜いてしまえるかと思ってしまう。

その根から、良質のでん粉を取り、食料としてきたし、またその根の干したものは「葛根《かっこん》」と呼んで、漢方薬として親しい。

昔はそのつるから行李《こうり》などを編んだ。現在でも民芸品としての籠などに多く使われる。またつるを繊維にして布をも織った。

葉はかなり大きく、裏が白いので、風でひるがえると印象が深い。そこから秋風と飽きをかけ、裏見から恨みを導くことが多い。

歌舞伎や浄瑠璃で有名な信太の狐もこの裏見から恨みを連想するものとして作られている。これは、信太に住む狐が、「葛の葉」という美女に化けて、陰陽師の安倍保名と契り、晴明を産んだが、正体が知られて、

恋しくばたづね来てみよ和泉なる信太の森のうらみ葛の葉

の一首を残して、信太の森へ帰るというもので、現在にも「信太ずし」や「信太巻き」など、狐の好物とされた油揚げを使った料理にその名をのこしている。

このように葉が裏がえることが、和歌でよく詠まれ、それは「葛の下風」「秋風の吹くをうらむる」などと使う。

「真葛」は葛の美称、「真葛が原」は葛が一面に生えている原を示し、恨みとかけて詠まれる一方に、秋の野を色どる美しい草花の一つとしても、讃美されてきた。

秋風の吹き裏返す葛の葉のうらみてもなほ恨めしきかな　平　貞文

菊

菊は旧暦の秋の終りに咲く花である。冬に咲く花は無いので、菊こそが一年の最後に咲く花と信じられて来た。そこで菊を花の閉《と》じめ、あるいは花の弟という。花の弟というのは、春一番に咲く梅を兄として、最後の菊を弟とする考え方である。

現在菊というと栽培種の花の大きな、八重咲きのものを思い浮かべるが、昔はもっと素朴で可憐な花だったに違いない。

中国には菊慈童《きくじどう》の物語がある。これは周の穆王《ぼくおう》の侍童の菊慈童が罪を被り流されるが、菊の露がしたたり落ちる川の水を飲んで、長寿を保ったという話である。これにこと寄せて、わが国では九月九日を菊の節句として祝ってきた。

九月九日は、陰陽道による陽数である奇数の重なる日として、めでたい日とされた。現在、九はクと発音し、苦に通じるとして、病院などでは忌み嫌うようだが、ひいふうみいようという数え方ではココとなる。九は陽数の中でも十に上がる前の最高の数で、ココが重なる九重《ここのえ》は、本来は宮中を示すことばである。

九月九日は、最高の陽数が重なる重陽の日と認識され、この日こそ長寿を祈り、愛でる日と考えられてきた。

中国原産の菊は、一方ヨーロッパにも入った。その地の人々は、この花を、特に白菊を墓を詣《もう》づる時に持参した。近年その影響が日本に入り、現在、白菊というと、葬式に使う花になってしまったのは、本来のわが国の伝統と大きくかけ離れたことである。

重陽の節句には、長寿を司る菊の露が重要な役目を果たす。

九月八日の夕べ、菊に真綿をかぶせる。これを着せ綿という。九日に、その露が移った綿を、袖や懐に入れると、長寿が約束される。また、菊の露をたらした水や酒、あるいは菊の花や花びらを浮かべた水や酒を飲み、この日に宴をひらく。

菊、なかでも黄菊、白菊は、花の中のもっとも気高く、めでたい花とされてきた。

「千歳の花」、「千代の白菊」はそれを代表する使い方である。「菊の下水」は、菊の下を流れ、菊の露を受けて流れる川の水を示す。

「千草に匂ふ」や、「菊の朝風」は、秋の野の花としての菊の詠み方である。

咲き初める頃、あるいは花の盛りも美しいが、殊に白菊が盛りを過ぎ、枯れ色になる前の、少し紫色に変色するのを、昔の人は「うつろふ菊」と称して愛でた。「うつろへば錦にまがふ」などと詠む。

露ながら折りてかざさん菊の花老いせぬ秋の久しかるべく

紀　友則

今日を限りの秋

紅葉

晩秋、もっともよく和歌に詠まれるものが「紅葉《もみぢ》」だ。これは落葉する前に、葉が黄色あるいは赤色に色づくことで、色づいた葉は「紅葉葉《もみぢば》」という。ただこれは、必ずということではなく、単に「紅葉」で「紅葉葉」を示すことも多い。

代表的な樹木は、かえで、蔦《つた》、はじ（はぜ）であり、真弓や柿を詠むこともある。柞《ははそ》の紅葉というのは、楢やくぬぎの総称で、黄葉を意味する。

京都では、晩秋から初冬にかけて時雨《しぐれ》が降る。これは山際特有の気象で、今晴れていたかと思うと、急に細い雨が降りそそぎ、また晴れ間が広がるという、もの悲しい気分を誘う小雨だ。この時雨がもみじを染めるという。

あるいは、秋の女神である竜田姫が、山や野を黄や紅に染めるとも、錦に織りなすともいう。

少し色づいたことを、染料に一回漬けたという意味で、一入《ひとしお》または初入《はつしお》染め、濃くなると千入《ちしお》、八千入《やちしお》と表現する。

紅葉を鑑賞しに野山に行くことを紅葉狩りという。植物を見るために出かける時に「狩り」の語を使うのは、紅葉以外は桜しかない。

「うすくこく」、「むらごに染める」野山は、「匂ひ」、「雲をも染める」ように美しい。

あらし吹く三室の山の紅葉葉は立田の川の錦なりけり　能因

稲穂

「秋田《あきのた》」では、秋になり稲の実った田を詠む。

稲は日本人の食料の基本だ。黄金色に実った稲穂は、豊かさの象徴である。

「稲すずめ」や「群すずめ」を、鳴子・引板《ひた》で追い払う。その音も秋の実りを祝うように聞こえる。

現在、普通は稲穂と使うが、和歌では稲葉と表現することが多い。「稲葉刈る」、「稲葉色づく」などである。「庵（いほ・いほり）」は、農作業のために草木を結んで作った仮小屋で、刈り入れ作業中、そこに寝ることもあったようだ。

秋の田のかりほの庵の苫をあらみ我が衣手は露に濡れつつ　天智天皇

冬は北半球に住むすべての人々が嫌う季節である。弱い光が短い間しか照らさない日々は、憂いに閉ざされる。

それに反し、秋は好もしい季節とされていたから、秋の終りの「暮秋」や、旧暦の秋の最後の月に当る九月の晦日《みそか》を「九月尽《くがつじん》」として、秋を惜しむ和歌を詠んだ。この日が、暦の上の立冬を前にした秋に別れる日と重なるわけではない。

秋を色どった野の草も枯れ、虫の音は弱り、紅葉も散りゆく。「秋の形見」を残して、秋は「今日のみと暮れゆく」。

止まらじな雲のはたてにしたふとも天津空なる秋のわかれは　藤原為家

冬は旧暦十、十一、十二月の三月。一年の最後の季節である。寒く暗い日々で、暖房が発達していなかった時代には「冬ごもり」するより他はなかった。その厳しい寒さや暗さは、夏に暑さを和歌にしないように、また冬でも詠まない。厳寒の中にさえも見える、雪や霜、あるいは氷の美しさを見出し詠むのが一般的である。

「初冬《そとう》」は旧暦十月、神無月のこと。冬の始まりを和歌にする。露が霜となり、「秋の夢残る枕」に初木枯しが吹く。「昨日の秋」であり、「冬立つけふ」である。「埋火《うづみび》」、すなわち手あぶりの火も、今日より入れる。

おき明かす秋の別れの袖の露霜こそ結べ冬や来ぬらん　　藤原俊成

時雨

「時雨」は、前述したように晩秋に木の葉を染めるものとして和歌に詠まれてきたが、同時に初冬の風物としても和歌にする。降りみ降らずみの通り雨だ。

小倉山やその麓の嵯峨野は、時雨がよく降る。

冷泉家の遠祖、定家卿は、嵯峨野に別荘を営み、ここで百人一首を撰したと伝える。その別荘を後世謡曲の中で「時雨の亭《ちん》」と名付けた。この名を踏襲したのが、冷泉家の文化を保存伝承する公益財団法人冷泉家時雨亭文庫である。また所蔵する古文書・古典籍類の影印を出版する叢書を「冷泉家時雨亭叢書」と名付けた所以でもある。

「時雨」は名詞として使うと同時に、「時雨る」のように動詞としても用いる。

「山めぐり」、「時雨行く」。「夕時雨」や「小夜時雨」は、さびしさをつのらせる。「雲立ち迷ふ」空より「日かげながらに」時雨が降る。

神無月降りみ降らずみ定めなき時雨ぞ冬の初めなりける　詠人知らず

「木枯」は冬の題である。木枯し、あるいは木枯しの風という。冷泉家では、枯葉を落とす風を示し、「窓をたたく」その音に、冬の本格的な訪れを知り、さびしさを覚える。

木枯しが「声立てて」あるいは「吹き立てて」、「紅葉の錦を払ひ」、「秋の色を誘ひつくす」。緑が残り、声を立てるのは松だけとなる。また木枯しが、夜空の雲を払うと、「月ふき出」でて霜枯れの野を照らす。

いつのまに空のけしきの変るらんはげしき今朝の木枯らしの風　津守国基

落葉

「落葉（らくえふ・おちば）」は、木枯しによって散る木の葉、あるいは地面や水面に散った木の葉を詠む。多くは紅葉葉の散る様や散り敷く様である。

「木の葉散る」、「散り迷ふ木の葉」、「紅葉吹きやる木枯し」など。

桐、柏木などは、紅葉するものではないが、一葉《ひとは》が大きく、落ちると目立つこともあり、その朽葉《くちは》、落葉を詠むのは、夏にその葉の茂りを和歌にするのと同じく、葉が大きいという理由からである。

「雨と降るもみぢ」や「水無き空に行く舟」は、散り迷う様をたとえたことば。

「埋むもいく重」、「散りしもみぢ」、「庭の面に錦を敷ける」、「庭の苔路に錦敷く」は、いずれも落葉が地面に散った状態である。

和歌の中で人間の日常的な作業を詠む珍しい表現が、「落葉かく」だ。これはほうき、熊手などで落葉をはき寄せる意である。

紅葉は、川や池の水面にも散る。

「水の色も見えぬばかり」に散った紅葉葉は、「山川にしがらみ」かかり、「峰の滝つ瀬色変はり」、「筏師もなづむばかり」となる。

三室山もみぢ散るらし旅人の菅の小笠に錦織り掛く　　源　経信

冬枯れの野

色無き野

冬の野はさびしい。草木は枯れ、茶色に変っていく。秋の間、はなやかに鳴いた虫の音も、もう聞こえることがない。

そんな初冬の野に、秋に咲いた菊が、そのまま残っている。「残菊」の題である。「残る菊」と詠む。霜にも枯れないその姿に、いにしえ人はあわれを覚えた。「霜むすぶまがきに残る」、「秋の色を残す」菊である。

白菊は、霜を経るとその色が少し紫色に変っていく。それをことに喜んだ。「紫深くうつろふ」、「うつろひ残る錦」などと詠む。

紫にうつろひにしを置く霜のなほ白菊と見するなりけり　源　資綱

冬の代表的景物に「霜」がある。霜は露が凍ったものと考えられ、霜によって冬の朝や夜の寒さ、冴え渡る気配を表現する。

霜は「降《お》りる」、「置く」、「結ぶ」という。初霜に冬が来たことを知り「霜置く風」に寒さがつのる。「霜枯れ」は、枯野や枯草に霜が置いた様子。霜の色は白い。「霜の花野」は白い霜が枯野の花に見えること。

「霜氷る」は、置いた霜がいよいよ寒さで凍ってしまう姿。「霜の八重葺き」は、霜がいく重にも降りたように、霜深い状態。「頭の霜」は白髪のこと。「夜床の霜」は、寒い夜のひとり寝のさびしさを詠む際に使う。

難波潟入江の葦は霜枯れて氷に絶ゆる舟の通ひ路　藤原良経

野は四季それぞれに歌題となる。「春野」は若葉の萌え出づる様、「夏野」では茂り合う夏草、「秋野」には、七草が咲き、虫が鳴く。「冬野」は枯野である。

「枯野」は草の枯れてしまった冬の野原。花も草も紅葉もない状態を、「色無き野」と、冷泉家では詠む。実際は枯草の茶色が広がっているはずであるが、これは色とは考えない。

枯尾花や、枯萩は、ひときわ趣深い。色無き野辺を白く染めるのは、霜や雪。そこに一本《ひともと》咲き残るのは、白菊やなでしこの花である。

「冬野の原のきりぎりす」は、冬にまだ残っているきりぎりすで、その弱々しい声にさびしさがつのる。枯野原に目立つのが鳥である。鳥は年中見られるが、鶯・雉子《きじ》・雲雀《ひばり》・燕《つばめ》・帰雁は春、郭公・鵜は夏、雁・鴫・鶉は秋。それ以外は、冬に詠むのが普通である。例外的に鶴はめでたい鳥として、四季いつでも和歌にする。

「枯野にあさる群鳥《むらとり》」、「こがら山から飛び散りて」などと詠む。

霜枯れはそことも見えぬ草の原たれに問はまし秋の名残りを　　藤原俊成女

枯草

冬枯れの野の枯草を「寒草《かんさう》」という。この題では霜が置き、風吹きすさぶ冬の野に折れ伏す枯草の、寒々とした風景を歌とする。

和歌にする草には、尾花、刈萱、葦、萩等、丈が高く折れやすいものが多い。また野全体の枯草を詠むこともある。前述の「枯野」とほとんど同じと解釈してよい。この場合の野は、荒野である。

「浅茅《あさぢ》か原」、「蓬生《よもぎふ》」、「葎《むぐら》」は、いずれも荒廃した野原を表すことば。厳密には茅（ち・かや）は細く小さな笹のような植物で、浅茅は茅がまばらに生えている所。蓬生は、蓬が茂っている土地。葎あるいは八重葎は、つた状の雑草のことであるが、三つとも、ほとんど同じような荒れた野を示す。「冬枯れ」、「霜枯れ」、「枯れても招く花すすき」、「日に添へて枯れ行く」なども詠む。

霜かづく枯れ野の草のさびしきにいづくは人の心とむらん　　西行

寒蘆《かんろ》

日本を形容することばに「豊葦原瑞穂の国」がある。瑞穂は稲穂のことであるから、かつては、葦原が豊かに広がっているのも、日本の原風景と考えられていたはずだ。

葦は、蘆、葭とも書き、「よし」あるいは、浜荻ともいう。葭《よし》という語は、「葦《あし》」が「悪し」に通じることから、その反対語の「良し」をもって葦を示したもの。

葦は水辺に生える多年草で、水鳥に巣を提供し、茎は屋根や垣、簾の材となって、ひろく利用された。春に芽を出し、冬に枯れる。

難波津はその代表的名所で、多くの和歌が詠まれている。今はその面影さえ見られないが、淀川、大和川など多くの大きな川口の広がる大阪湾は、葦に囲まれた水辺であったのだろう。

また同じ葦を、伊勢では浜荻と呼んだ。

「寒蘆」は葦が冬に枯れている姿を詠む。いずれも、霜や雪、寒風、水などとともに和歌に詠み、寒中の景物とする。
「乱れ葦」、「しほれ葉」、「折れ伏す」、「霜の枯れ葦」、「霜に枯れゆく」、「寒き葦間の水鳥」、「葦の伏し葉を氷りとづる」などと詠む。

津の国の難波の春は夢なれや葦の枯れ葉に風渡るなり　西行

氷

現在は氷というと、夏を思う。街角で見る「氷」と書かれた波模様の旗は、真夏に涼を呼ぶ、かき氷のうれしい印だ。赤や黄色の砂糖水のかかったかき氷は、日本人には親しみ深い夏の風物詩である。しかしかき氷をこんな風にして昔から食べる民族を私は知らない。フラッペというものがアメリカにはあるが、どうも最近の食べ物のような気がする。そもそも生水を飲める国が少ないのだから。まして氷をやだ。

和歌における「氷《こほり》」は、もちろん冬の題である。池や川、湖、滝などに岸からしだいに結ぶ氷は、厳冬の訪れを知らせる。氷は「結ぶ」、「閉づる」、「氷る」という。氷が解けるといえば、春が来たことの証《あか》しだ。

氷は水面から、周囲から結び出す。「うは氷」、「うす氷」、「薄ら氷《ひ》」、「あつ氷」などである。子どもの頃、冬の夜中にトイレに行き、手水鉢が、杓子もろともに凍りついていたのを思い出す。確かに、水面や周りが凍っていても、下の方やまん中には冷たい水が残っていた。「朝氷」、「夕氷」、「夜の氷」は、それぞれ朝夕夜に、池や川などが凍った様子。「寒き夜」に「風渡る」といよいよ氷が厚くなる。

月の光に磨かれた氷は美しく、「池の浮草を閉ぢ」、「岩間の水を」行きなやませる。「つらら」も氷のことである。「水鳥のつららの床」、「つららの枕」と詠む。氷で恋の心の状態を表すことも多い。

冬の夜の池の氷のさやけきは月の光のみがくなりけり　　清原元輔

冬の月

衾《ふすま》

月という題では、必ず秋の月を詠む。季節を限定することば無しで、単に三日月、十六夜月というときは、いつも秋の月を示している。「春月」や「雪山月」などと季節を決定する語彙を伴うとき、月は秋だけのものという概念を離れる。

春の月はおぼろの月、夏の月は涼しく見える。秋は澄む月で、冬は、冴ゆる月というのが一般的な詠み方である。

「冬月《ふゆのつき》」では、冬枯れの野や霜凍る田など、月が冬の景色に影を落とす様を詠んだり、月影そのものが「氷る」あるいは「冴ゆる」と詠む。「真砂に氷る月影」、「冴え氷る霜夜の月」などである。

冬枯れの杜の朽ち葉の霜の上に落ちたる月の影のさやけさ　藤原清輔

人は一日のうち、三分の一は睡眠する。もちろん人により多少の差はあるが、人生全体を考えると、赤子のうちや、老期をなべて、やはり人生三分の一は眠っているようだ。そんなに永い時間を費やす眠りの過去の姿は、あまりよくわかっていない。一般大衆は、古代も中世も、藁にくるまって、疲れをいやすだけだったろうが、貴族の眠りはどんなものだったのだろう。木綿綿《もめんわた》のまだ入っていない時代である。

「衾」は、冬の題で、眠る時身体の上にかける夜具を示す。掛け布団と思えばいいが、現代のようなフワフワの暖かい綿が入っているようなものではない。薄い真綿（繭から作った綿）を入れた袷仕立てのものと思われる。

寒い冬の夜に被《かず》く衾で、春を思う、のような表現が多い。「鴛鴦《をし》の衾」は夫婦共寝の夜具、「ひとり衾」では、一人寝の冬の夜のさびしさを託す。

杉の屋に夜半の嵐のさゆれども かづく衾の内に知られず　綾小路俊景

都市ガス、あるいはプロパンガスが各家庭に入る前は、どこの家でも薪割りをし、丸太を細くしたものを燃料とした。その割木に火をつけるものとして、柴は重要な燃料だった。

「昔々、ある所におじいさんとおばあさんが住んでいました」に始まる民話は、この後「おじいさんは山へ柴刈りに、おばあさんは川へ洗濯に行きました」と続く。まさに柴刈りは日常の仕事であった。現在の子どもは「山へ柴刈りに行きました」というと、山のゴルフ場へでも行って芝生を刈る、と思うらしい。その柴の代表が、椎《しい》の枯れた小枝である。

椎は常緑樹でどんぐりが出来る。かつてはそこらにあるごく普通の木であった。

「椎柴《しひしば》」は冬の題。「葉かへぬ」、「ときはの色」は、椎の常緑を示すが、松の緑を詠むときのようなめでたさはない。どこかに、燃料としての柴を連想する気持がある。「つま木になして伐《こ》りつむ」は、薪として椎の枝を集めるという意味であるし、「落葉が底の谷の下柴」にも薪を意識している。

冬ごもる草のとざしは霜枯れてまぢかき山の峰の椎柴　　寂蓮

「薪《たきぎ》」も同じく冬の題。柴と同じように冬の野山に、燃料を集めることを詠む場合が多い。「雪打ち払ひ」、「たきぎ伐る」、「雪より先に伐り積む」などである。

また薪を燃やすことを和歌にすることもある。この時の多くは暖をとるための燃料である。「折たく」、「折りくぶる（くすべる）」、「おのがかまどにとりくべて」など。

冬ごもりあとかきたえていとどしく雪のうちにぞたき木つみける　　藤原公衡

千鳥

和歌の世界で、春を象徴する鳥は鶯である。その初音は、人々に春の訪れを告げる。夏は郭公、明け方に鳴く一声を聞かんがため、いにしえ人は徹夜もいとわなかった。秋は雁、一列《ひとつら》に連なって、望月を横切り、越《こし》の国から渡って来るその姿や声に、秋の到来を知った。そして冬は千鳥である。

千鳥は、コチドリやシロチドリの総称として使われる。中には夏鳥もあるようだが、和歌では、もっぱら冬の川辺や海辺で、多数に群れているチドリを示す。多くは渡り鳥で、小動物を捜して水辺にいるのだが、千鳥を詠む時は、その鳴き声が重視される。冬の冴える空気の中に、響き渡る群れ千鳥の声は、人々に深い興を起こさせた。その鳴き声を「ヤチヨ」と聞き、「八千代」を連想した。一般には千鳥は、冬の景物の一つとして詠むが、声を「八千代」と聞いて、季節を問わず賀の歌にすることもある。

「川千鳥」、「磯千鳥」、「岩千鳥」は、千鳥のいる場所。「夕千鳥」、「小夜千鳥」、「夕波千鳥」などは、千鳥の夕べの声が一層あわれと思ったからである。

千鳥はいつも群れている鳥として詠む。「つま訪《と》ふ千鳥」、「友呼ぶ千鳥」などは、群れをはずれた千鳥を連想させる。

淡路島かよふ千鳥の鳴く声にいくよ寝覚めぬ須磨の関守　　源　兼昌

水鳥

「水鳥」も冬の題である。特に枯れ葦の間に浮く、鴨や鴛鴦《おしどり》が代表的な水鳥とされる。「つららの床」や「つららの枕」は、氷のはった池に浮く水鳥の巣への連想。「寒き葦間」の「波に浮寝」する水鳥の、「浮き」には「憂き」を掛けることが多い。

鴛鴦は、いつも番《つが》いでいることから、夫婦円満の象徴とするが、和歌でも常に一対をその前提と考える。「をしのつがひ」、「共寝のをし」である。「一人寝のをし」、「つまなきをし」は番いが普通である故にさらにさびしさをつのらせる。

鴨は冬になると池や川でよく見る。多くの鳥が、夏に雄が美しい羽を持つのに対して、鴨の雄は冬に美しい。枯れ葦の池で、あざやかな緑の羽が、狩猟の的とされて来た。「鳴く鴨」、「浮く鴨」は、鴨の一般的な詠み方であるが、「鴨の青羽」、「葦鴨の青羽」は、その雄の美しい羽を示している。

「鳰《にほ》」もまた、水鳥の題に詠まれる鳥である。かいつぶりのことで、葦間に多くこの鳥がいることから、琵琶湖のことを「鳰の湖《うみ》」と呼ぶ。鳰は水に潜って、エサを捜す。その姿から「鳰の通ひ路」、「鳰の下道」など、人に見えない恋の道を暗示するのに使われる。

水鳥のかもの浮寝のうきながら波のまくらにいく夜経ぬらむ　　河内

美しき雪降り初む

網代《あじろ》

網代は網の代わりということばである。竹や葦を編んで網のようにした物を示し、網代垣、網代天井、網代車などと使う。和歌で「網代」というときは、冬、川の瀬に設ける魚を捕る設備を示す。瀬に網を引いたような形に無数の杭をこまかく立て、その杭と杭の間に、竹などで網を編んでとりつけ、水の流れに路を作る。出口に、魚が入るように、細い竹などで編んだ、底のない徳利状のものをつける。ここに入った魚は逃げられないように、徳利の口にはかえしがつけられている。網代は田上川《たなかみ》（現在名瀬田川）や宇治川で、アユの稚魚である氷魚《ひお》をとるのに用いたものが名高い。ふつう網代または網代木というときは、この装置の水面上に出ていて誰の目にも見える無数の杭を示す。「網代に氷る」、「瀬々の網代」などは、寒い冬の景物としての網代の無数の杭を示す。「紅葉こきまぜ寄る氷魚」は、紅葉の赤と氷魚の白の色彩を意識している。「網代守《もり》」は夜、かがり火をたいて網代の番をする人のこと。「網代人《びと》」は網代守のことである。

氷魚は、昔から珍重された。ことに琵琶湖産のものは最上とされ、琵琶湖から流れ出る田上川やその下流の宇治川に朝廷から「氷魚の使ひ」を派遣して、献上させた。重陽の節会や十月一日には、上級官人がこれを賜る行事もあったという。

和歌では「氷魚」に「日を」をかけることも多い。

あさぼらけ宇治の川霧たえだえにあらはれ渡る瀬々の網代木　　藤原定頼

霰《あられ》

「雪やこんこ、霰やこんこ」。昔は、雪かと思っていると、いつの間にか霰に変っているというようなことがよくあった。この頃は地球温暖化のせいか、京都では雪さえもまれだ。

霰は雪が凍ったもの。冬にしか降らない。霰と似たものに雹《ひょう》がある。これは夏、積乱雲から降ってくる氷の粒。昔は雹をも霰と言ったらしいが、和歌では、霰は冬に降るもので、雹のことは含まない。

「霰」は主に、「窓をたたく」や「笹屋の霰」など、降る音を詠む。その音はわびしい。また「霰音する妻廂《つまびさし》」に、「夢おどろかし」、「夢路」を辿ることを許さない。

たまには、視覚的な表現もある。霰が、「夜の苔路」に「玉を敷く」。「雪吹きまぜて降る」ことも多い。いずれにしても寒い冬の光景である。

さざなみや志賀の唐崎風冴えて比良の高嶺に霰降るなり　　藤原忠通

「霙《みぞれ》」という語は、近年あまり耳にしない。氷雨《ひさめ》が代わって使われるように思う。霙という語に現在は、かき氷に蜜をかけたものを思い浮かべる。霙は、雪が溶けかけて雨混じりに降るもの。この題で、わびしく寒い冬の景色を詠む。「みぞれ降る」、「みぞれ横切る」、「降りもたまらぬ」などである。

みぞれ降り曇れる冬の晴れずのみつきせぬものやまろが身のうき　　曾禰好忠

雁は秋に北の国から日本へ渡ってきて、春には帰る渡り鳥である。雁と言えば、秋の代表的な題で、雁が音《ね》という語と共に、その飛行の隊列などが好んで詠まれる。また春には「帰雁」の題で、花や霞の中を帰り行く雁に名残を惜しむ。

「残雁」は冬の題である。秋に遅れて飛んで来た雁やその声を詠む。雁を見るだけでは、果たして今来たのか、秋からずっと居るのかは区別がつかないが、冬の景色と共に、遅れて来たと表現する。「秋に遅れし雁」が「雪に迷ふ」。「群すすき残る冬田」に雁が来る、などと詠む。

雪払ふ翼や寒きうち群れて落つるかり田の明方の空　　飛鳥井雅世

雪

雪月花といわれるように、雪は日本の代表的な自然美である。雪はもちろん、冬の題であるが、単に「雪」というだけでなく、雪に関する多くの題が伝えられている。

雪は接頭語の「み」をつけて「み雪」あるいは「白雪」ともいう。雪の降る日はもちろん寒いが、霰や霙のように、寒いということより、美しさや清浄、静けさに重点がある。

「夕ごり」の空より、「待ちし間」に、「初み雪」が「降り初むる」。「ひとへなる」雪が「日数降る」と、「雪の淵」となる。雪は「豊《とよ》の雪」といい、豊年のしるしとされて来た。

「降り積みし」「雪の下道」を「踏み分くる」。「雪の夕風」は寒く、「雪の夜の月」は、冴え渡る。「雪の枕」は雪の夜の寝屋。積った雪による槙や杉、松や竹の下折れの音は、静寂を破って大きな音をあたりに響かせる。

朝戸を開けてみる「今朝の白雪」は、庭の枯木に「匂はぬ花」を咲かせ、「花にまがふ」「木毎の花」をつける。木毎は梅をもじった言い方で、「雪の花園」をつくる。朝閨《ねや》の戸を開けると、「今朝珍しき」「窓の白雪」を見る。「千里《ちさと》晴れたる」「野原の雪」に「雪の里人」をも思いやる。「雪の庭」は、「松の姿に雪積もり」、「松の葉のみどりもわかぬ」。「雪をいただく」山では、「いはほにも雪の花」が咲く。

雪降れば峰のまさかき埋もれて月にみがける天の香具山　藤原俊成

「初雪」の題に、冬初めて降る雪ですか、新年最初の雪ですか、という質問がよく出る。旧暦の新年は立春頃で、まさに春の始まりを寿ぐものだった。新年より後に降る雪は春の雪で、「袖に止まらぬ淡雪」という。現代の新年は、冬の間に迎えるので混乱を生じているが、初雪は当然、その冬初めて降る雪である。

「朝戸出《あさとで》」に「梢に軽き」「庭の雪」を見る。「庭におどろく」、「霜かとまがふ」、「ひとへなる」「庭の初雪」である。

常よりも篠屋の軒ぞ埋もるる今日は都に初雪や降る　瞻西《せんさい》

「深雪《みゆき》」は深く積った雪。「消《け》ぬが上に」「けふいく日《か》」「雪降りけり」。「垣根を埋み」「軒より高く」「降りしく雪」のため、「絶えて人来ぬ」。「降り積む雪」に「訪《と》はれぬ庭」の「松は凍る」。「消ぬが上に幾重積もれる」山の雪に、「枝折《しを》りも埋もれ」、「下折れの声」が響きわたる。「月かとまがふ峰の白雪」も、「雪より出る朝日かげ」も美しい。

待つ人の麓の道は絶えぬらん軒端の杉に雪重《おも》るなり　藤原良経

ゆく年を惜しむ

神楽

私の子どもの頃、昭和三十年代前半までの暖房は、炭に頼ることが多かったと思う。冬の和歌会といえば、まず座ぶとんの前に並んだ手焙《てあぶ》りの火鉢を思い出す。台所では炭火を熾《おこ》し、台十能《じゅうのう》に容れ替え、吹きさらしの渡り廊下を通って、座敷へと運んだ。ずらっと並んだ火鉢からは、炭の燃える匂いが立ち渡り、門人は手すさびに火箸で灰をもて遊びながら、和歌を詠んでいた。

「埋火《うづみび》」は、その灰の中にある炭火のこと。同じような題として「炉火」があるが、こちらはいろりの火で、炭に限らず、薪などを燃やすことをいう。

マッチが発明される前、各家において火種は大切なものだった。炭火は火種としていつも灰の中に保存され、必要に応じて大きな火となり、台所の煮炊きや暖房、風呂へと利用される。

大晦日や何か不浄なことが起きた時などには、火種の火を消してしまい、火改めで、新しい火を採り、また火種を造った。今でも京都八坂神社で大晦日に盛んに行われている「おけら火」は、新しい年の火改めの行事である。

「冴え透る夜」に「閨の埋火」を「かき起こし」、「炭さし添へて」「むつがたり」すると、「寒さを忘れ」「さながら春の心地」がする。

「寝られぬ夜半」の「灰の下なる埋火」が「もみぢ葉の色にこがるる」や、「ふせごの下の埋火」が「おきの下に燃ゆる」などという時は、恋に燃ゆる心を埋火にたとえている。

「埋火」に「まどゐする」人は、「冴ゆる夜」も「夜寒む」も「更《ふ》くる夜」も「霜夜」も忘れて、「春を待つ」。


埋火のあたりは春の心地して散りくる雪を花とこそ見れ　素意

私を可愛がってくれた冷泉の祖母恭子《ゆきこ》の母親は、上賀茂の社家の娘であった。そのためか、祖母は上賀茂の大田神社によくお参りした。四月十日のお祭の日、祖母に連れられて満開の桜の下にお参りすると、ひなびた拝殿で、年齢不詳の、子どもの目には仙人みたいに見えた老女達が、鈴、羯鼓《かっこ》、鉦《しょう》を鳴らして、素朴な舞をしてくれた。今では無形文化財に指定されていると聞くが、あれは「里神楽」である。

「神楽」という題は、冬のもので、本来は宮中で行われる御神楽《みかぐら》を示す。これはかつて陰暦十二月に内侍所で夜、行われたという。凍りつくような寒い夜、ゆっくりした男の声が、笏拍子の音に混じって、高く低く流れるのは、神さびたものだったと語るのは、祖父が神楽歌を歌うのを聞いていた母のことばである。

現在冷泉家の歌会では、いにしえの宮中の神楽を想像して、あるいは冬に行われる里神楽を詠む。「霜夜の月」の「白木綿かけた」「神楽の庭」に、「庭火の煙」を通して「糸竹《いとたけ》の音《ね》」や「笛の音」や、神楽を歌う「折返す声」が流れる。「大和琴」を「奏づる袖」や「庭火の前の笛の音」に、「神代おぼゆる」。

君がためあそぶ神楽の笛竹はいく千代までか鳴らむとすらむ　大和

仏名《ぶつみょう》

「仏名」も冬の題。かつて朝廷や諸国において、毎年十二月に三夜の間、前世・現世・来世の三世《みよ》の諸仏一万三千の名号を唱え、一年の罪障を懺悔し、滅罪生善を祈願した仏名会《え》のこと（『歌ことば歌枕大辞典』角川書店）。

現在一般に知られるのは、奈良東大寺のお水取りでの名号を唱える儀式である。お水取りは現在三月に行われているが、本来は春迎えのための冬最後の行事だった。灯明の下で、僧が仏名を夜通し唱えると聞く。

「三世の師」は、過去・現在・未来の師、すなわち僧侶のこと。「法の師《のり》」も同じく僧。三世の師、または法の師が「御名《みな》をつくして」「夜もすがらとなふる声」は、「鐘のひびき」と共に、「竹の灯（結び灯台のこと、細く丸い三本の木を緒で結び合せ、その上下を広げ、上に油皿を置いて点火する。宮中の夜間公事に用いた）」の間を渡っていく。「仏の御名の数々」を唱うる「法の師の声澄み昇り」、「積もれる冬の罪」はもちろん、「罪は残らず消えぬらん」。「鐘も澄み夜も明けがたになる」と「つくれる罪も消えぬらん」。

あらはるる三世の仏の名を聞くに積もれる罪は霜と消えなむ　　美作

早梅《そうばい》

梅は春一番に咲く花と決まっているが、まだ立春にはなっていないのに、もう花が咲く梅がある。「早梅」という。よって早梅の題では、いつも冬の景物と共に、「早咲き初《そ》めし梅が枝」を読む。「春待たで」「雪間の梅」が、「春待つ園」に咲き初む。「冬ごもり」の「雪の中」に「かをり出たる」梅が、「年のこなた」に「まず咲き初めて」、「雪の下」より「かをり出づ」。「菊採り後の花」が、「春の隣りに咲き」、「春のこなたに匂ふ」。「日影さす片枝」に、「春待たで先づ咲く」「一本《ひともと》の梅の初花」を「鶯も知らじな」。「白雪もまだふる（降る、経る）年のませ（まがき）の内に」「遠からぬ春」を知らせて、「梅の初花」が匂う。

色埋む垣根の雪の花ながら年のこなたに匂ふ梅が枝　藤原定家

歳暮

新年を迎える喜びを年ごとに失いつつある現代の人々には、歳暮の感慨もまた忘れられつつある。節《とき》という概念さえ、失ったのかもしれない。

かつては、新しい年を迎えることは、まことにめでたいことであり、旧《ふる》い年を越える時を、特別な節目と考えた。

行く年を惜しみ、老いゆくことの嘆きを覚え、旧《ふ》る年をふり返り反省し、また新しい年への希望を思う。除夜の鐘を聞きつつ、旧る年は暮れてゆく。

現在では歳暮というと、年の暮の贈答品ばかりが頭をかすめるのは、まことに残念なことといわねばならない。

「とどめ合へぬ」「年も早」、「年暮るる」。「春を待つ」「門の松」に「春の隣り」を思い、「惜しめども」「今年を惜しむ」のも「今宵ばかり」で、「いたづらに」「あら玉の年の終り」を迎え、「今はとて」と「惜しみなれても」「しひて暮れゆく」。「春のいそぎ」で「皆人の急ぐ」、「行く年の今日の別れ」に、「小車《をぐるま》のめぐる月日」の「ひととせの過ぐるは夢」と思う。

大晦日の大祓である鬼やらいの儀式の「なやらふ」声をよそに、「門松をいとなみ立てて」「いとまあるもいとまなき身も」、「なほざりに過ぎし月日」の、「行く年の今日の別れ」を「くれゆく年ををしほ山」と詠む。「春秋をあだに送りし身」に、また老いを重ねる。

隔てゆく世々の面影かきくらし雪と降りぬる年の暮かな

藤原俊成女

あとがき

冷泉家の和歌には型がある。古今、新古今を模範としてと言われているが、実際はその後千年を経て、ゆっくりと変化してきた型である。

宮中では、節会《せちえ》や法楽の度に和歌会が催された。天皇出御《しゅつぎょ》の元の一種の神遊びのようなもので、公卿達は、その歌会に連なることを栄誉と考えた。これを明治維新まで、代々奉行してきたのが冷泉家である。

御会《ごかい》はいつも公事《くじ》。私事ではない。従って個人の私事や私情は詠まないものとされた。いつも題に添った誰もが理解できる和歌である。

それは披講を伴う。参会者が聴き入るところで大声をあげ、朗々と歌う。一同は高揚感に満ちる。和歌を共有し、その座全体が、同じ思いに統一される。

宮中での公事を前提として、題や歌材が決められてきた。すなわち、春は梅に鶯であり、降るのは袖にとまらぬ淡雪であるという規定だ。

その成立には、中国の古典の影響があり、有名歌人の有名歌から波及したものもあるだろう。いずれにせよ、明治維新までは、それは日本の教養であった。

その型の四季の部だけを集めたのがこの書である。

冷泉家の和歌の月次会《つきなみかい》では、毎回、宿題である兼題《けんだい》と、その場で即興的に詠む当座題の二題について、型の講義を行う。つまり、一つの題について、今まで和歌に使われてきたことばをお教えする。あとは、その中のことばを使って、前後を五七五七七にまとめるのである。

冷泉家の和歌は創作、あるいは個性発揮の場ではない。使い旧された、しかし美しい大和ことばを使って、伝統的な美の世界を構築することにある。そこでは、見たこと、聞いたこと、あるいは経験を要求していない。

あくまで想像の世界、誰もが見たことがあるような伝統の世界の再構成である。

梅に鶯、紅葉に鹿は、日本の美の代表である。誰もが春を、また秋を覚える。どこかのかけ軸で見たことがあり、またいつかの笛の曲の着想だった。

しかし現実に、梅に本当に鶯が鳴いているのを聞いたことがあるか。紅葉を踏み分けて鹿が鳴いた声を聞いたことがあるかと問われると、まず、そんなうまい具合に鶯も鹿も鳴かない。しかし誰もが、聞いたことがあるような気がする。これを伝統の力というのであろうか。

現代人がそれらを経験していないのと同じように、平安時代の歌人達も、実際に、鶯や鹿の音を聞くことは、現代より多少は機会があったとしても、基本的には、頭あるいは、心で感じるものであり、現実はどうでもよかったのである。

和の美というものは、実にこれである。その基本は、季節の美である。卯の花に郭公、月に雁といった時、私達は日本の美を思うのである。

これを一番容易《たやす》く体験できるのは茶の湯の世界だろうか。

初春の席では、待合に春まっ先に芽を吹く柳が生けられる。本席の花は梅、茶杓の銘は鶯の初音、菓子の銘は早蕨《さわらび》。

春にはボケも咲き、レンギョウも花開くが、それは使用しない。春の型があるから。実際に鶯の初音は聞こえないが、どこからか寒さの中に、鶯の声が聞こえたように思うのである。

茶の湯を初め、絵画も歌舞伎も工芸も、およそ和と名のつくものの美は、この和歌から出たものである。

私達は、明治以後あまりに芸術を重視してきた。このあたりで、芸術以前を振り返るのも必要かもしれない。

この書の出版をすすめ、編集して下さった書肆フローラの遠藤知子さんに深く感謝申し上げる。

平成二十八年秋

冷泉貴実子

冷泉貴実子（れいぜいきみこ）

昭和 22 年、冷泉家第 24 代為任《ためとう》の長女として京都市に生まれる。

第 25 代為人夫人。

京都女子大学文学部東洋史学科（日本史）卒業。同大学院修士課程修了（日本史専攻）。

現在、公益財団法人冷泉家時雨亭文庫常務理事。

冷泉家和歌会で冷泉流歌道を指導、各地でも和歌に関する講演などを行っている。

著書に『冷泉家の歴史』（共著／朝日新聞社）、『冷泉家の花貝合せ』（共著／文化出版局、【新版】書肆フローラ）、『冷泉家の年中行事』（朝日新聞社）、『冷泉家　時の絵巻』（共著／書肆フローラ）、『冷泉家　歌の家の人々』（共著／書肆フローラ）、『京の八百歳《やおとせ》　冷泉家歌ごよみ』（京都新聞出版センター）、『花もみぢ　冷泉家と京都」（書肆フローラ）等がある。

和歌《うた》が伝える　日本の美のかたち

平成 28 年 11 月 1 日　第 1 刷発行
令和 5 年 4 月 10 日　第 2 刷発行

著　者　冷泉貴実子
発行人　遠藤　知子
発行所　書肆フローラ
〒 011－0946
秋田市土崎港中央 4－6－10
ＴＥＬ　018－847－0691
ＦＡＸ　018－847－0692
郵便振替　00120－5－556430
印刷・製本　藤原印刷

ISBN978-4-901314-24-4

冷泉貴実子著『花もみぢ　冷泉家と京都』
歌の家に生まれ育った著者の和歌と京都に寄せる思いを綴ったエッセイ
四六判・上製・280頁・図版23点・定価　本体二五〇〇円＋税　ISBN978-4-901314-19-0

冷泉布美子著『新版　冷泉家の花貝合せ』
冷泉家に江戸時代から伝わる、花を描いた二百組の花貝合せをカラー頁で
冷泉布美子の詠んだ冷泉流の和歌二十首と、多彩な執筆陣によるエッセイを収録
執筆者　冷泉布美子・冷泉貴実子・杉本秀太郎・鳥居恒夫・円地文子・吉村貞司・波部忠重・岩佐亮二
A５判・上製・144頁（カラー100頁）・定価三六〇〇円＋税　ISBN978-4-901314-10-7

冷泉為人監修『冷泉家　時の絵巻』
御所の北に現存する唯一の公家住宅（国の重要文化財）の解体修理竣工を記念して出版
『古来風躰抄』と日本の美学、定家の日常、霊元院、公家の遊び、書の継承などを多面的に追究
執筆者　冷泉為人・冷泉貴実子・島津忠夫・田辺聖子・尾崎左永子・杉本秀太郎・久保田淳・五味文彦・
　　中村利則・名児耶明・赤瀬信吾・小倉嘉夫
四六判・上製・256頁・図版73点・定価　本体二二〇〇円＋税　ISBN978-4-901314-01-5

冷泉為人監修『冷泉家　歌の家の人々』
後鳥羽院、阿仏尼、尊氏、家康、吉宗などの著名な人物や
歴史上の事件、文化史との関わりを通して、冷泉家歴代の当主達を描く
執筆者　冷泉為人・山本信吉・岩佐美代子・井上宗雄・久保田淳・五味文彦・佐藤恒雄・赤瀬信吾・小林一彦・
　　大谷俊太・小倉嘉夫
四六判・上製・284頁・図版83点・定価　本体二六〇〇円＋税　ISBN4-901314-06-8